宝贝，
我们一起看世界吧

BAOBEI, WOMEN YIQI KAN SHIJIE BA

米问问 ◎ 著

华南理工大学出版社
SOUTH CHINA UNIVERSITY OF TECHNOLOGY PRESS
·广州·

图书在版编目（CIP）数据

宝贝，我们一起看世界吧/米问问著.—广州：华南理工大学出版社，2016.1
 ISBN 978-7-5623-4721-7

Ⅰ.①宝… Ⅱ.①米… Ⅲ.①游记-作品集-中国-当代 Ⅳ.①I267.4

中国版本图书馆 CIP 数据核字（2015）第182477号

宝贝，我们一起看世界吧
米问问 著

出 版 人：卢家明
出版发行：华南理工大学出版社
　　　　　（广州五山华南理工大学17号楼，邮编510640）
　　　　　http://www.scutpress.com.cn　　E-mail: scutc13@scut.edu.cn
　　　　　营销部电话：020-87113487　87111048（传真）
策划编辑：陈旭娜
责任编辑：江肖莹
印 刷 者：广州星河印刷有限公司
开　　本：889 mm×1250 mm　1/32　印张：8.375　字数：163千
版　　次：2016年1月第1版　2016年1月第1次印刷
定　　价：36.00元

版权所有　盗版必究　印装差错　负责调换

● 火车

窗外并没有什么特别的风景，
也许是那阵风太过温柔，
也许是脚下的轨道声与心跳声
频率一致击中了他的心灵

时光穿梭，
小米成为当初那道自我眼前呼啸而过的绿色火车的一部分，
成为那道人生绿风的一部分，
让都市里浮躁的我安静下来，
让整列火车上的人快乐起来。
也许这才是这趟旅行的全部意义

● 青岛

站在三楼的
观海台上看到不远处的
大海像一滴清新的晨露折射着阳光

脚底初触沙面的冰凉，
很快会被沙底留存的温暖
所代替。有些细沙从脚趾
缝之间钻出来，酥酥麻麻的，
也是一种前所未有的体验

先是浮浪，
闭上眼睛随着浪头享受
海水温柔的触摸，
皮肤被海水浸湿之后，
晒在阳光中闪着温润的色彩

● 日本·宫崎骏

龙猫端坐在松果中，一副憨态可掬、泰然自若的模样，
衬着玻璃上倒映的满目扶疏树木，真的有身临其境之感，
下一秒钟，我们是不是就可以和它一起坐在树梢上吹一曲陨歌

希望和梦想是有力量的吧，
在某些时候，
风和光就仿佛我们心里的梦想和希望

● 日本・上野

整个东照宫金碧辉煌,即便是在雾霭沉沉、阴雨绵绵的背景下,依然闪着一层金色的光辉

正殿之前,
左右两边各有亭阁,
右边是洗手圣池,
左边是挂满了许愿木筒的许愿亭。
仔细看,大部分是英文,其次是日文,
简体中文和繁体中文也有不少

● 日本·驶向未来的 Himiko 水上巴士

远眺世界上最高的摩天轮,
近处是富士电视台、电信中心,
转身,站在繁华的闹市当中,看向我们的来路

小自由女神举着火炬,默默地耸立着,背景是高耸的楼房与繁长的港湾

● 日本·新宿皇家御园

茫然无知的小米就这样走进了别人的镜头，还走得理直气壮。
那个日本人起初有些惊愕，然后立刻就埋头猛摁快门

寒绯樱花的花形一点儿都不像樱花，
是倒金钟形状的，颜色玫红，
一簇簇地挂在不见叶片的树枝上，
将那一方雨都染红了

眼前豁然开朗，阔大的草坪那边，几株樱花正在盛开。
远远看去，正是鲁迅文中的那一片"绯红的轻云"。
有几个游人举着伞，在花下赏花，
一不小心，自己和伞也成为一朵雨中花，
鲜艳地开在一片霞光云雾中

● 三亚

旅行的生活很精彩，因为你不知道下一个你遇到的是什么人，会有什么样的故事发生。
每时每刻，你都在制造属于自己的特别故事

● 睁开眼睛那一秒

不能因为孩子的稚嫩而置他于羽翼之下，这会磨灭他天生的渴望和勇气，
他伸向世界好奇和探索的触角会逐渐变得迟钝，
那双我们看不见的翅膀将萎缩直至消失

● 山村

高大的围墙，
宽阔的院落，
是一座双合门的深宅大院

纵横交错的古墙弄里，
起伏不绝的马头墙、石花窗、木窗棂、
屋檐上的青苔，风呜呜地吹来，
在这座古老的村庄间恒久不息

里王溪、山皇溪、法洪溪,从不同方向潺潺流来,水光潋滟,三水夹金,汇聚注入村东的涉冻潭,成为牛头山水库的源头支脉。

● 香港

一路沿着灯光带走去，
路灯仿中世纪造型，呈花枝形，
挺立着的墨绿色的灯杆，
整齐得仿佛送行的卫兵

一对王子公主跳着优美的华尔兹，
突然停在他的面前，王子微笑弯腰，
优雅地伸手邀请小米加入

公园大门内耸立着一座巨大的圣诞树,树上是七彩的松果,树下是包装整齐的礼物包,连番的惊喜让孩子们幸福得尖叫

● 香港

在吃冰激凌、喝水、吃饭的
休息间隙,
他真的煞有其事地趴在地图上,
一路寻找自己走过的轨迹,
并设定即将要去的方向

每座城市都有自己的美景,
关键是美景中的人,
才是一座城市的灵魂

引言 PREFACE

让我们出发吧

我们初做父母的人都会有一个美妙的体验,那就是看着熟睡的孩子。你看着那柔嫩的脸蛋、细碎绒毛覆盖的额角、微翘的小鼻头、长长的眼睫毛、红润的嘴唇……简直不能相信造物主的神奇,世界上竟然有一个小小的生命是你创造出来的,并且在他最初的那些日子里,他完全依赖于你,无论你多么没有经验,手忙脚乱。

无论多么劳累,你总是后他而睡眠,先他而醒,只是为了享受这一秒的心醉。你看着他的睫毛轻轻抖动,如破茧的蝉翼,终于振翅飞翔。眼中瞳光一闪,照映出你的面容,一张笑脸立即无瑕展开,整个世界都融化了。

世界上有千千万万个父母,每天都醉心于孩子睁眼的那一秒,这一刻我们未尝不是个孩童,乐此不疲。孩子每睁开一次眼,他就多了解这个世界一点,他朝这个世界又迈出了一步。孩子的成长慢得我们几乎觉察不到,孩子成长却又快得我们紧赶慢赶总是追赶不上。他们像那些夜晚才出来活动的精灵,如果我们不在地板上撒上荧光粉的话,是看不到他们的脚印的。那些新鲜的足迹从最初的零落无序到有迹可循,从孤独行走到成群结队，从软弱怯懦到坚定有力，一个又一个，一双又一双，都踩在我们的眼里，踩在我们的心里。

生命是一场浩大而漫长的单程旅行，每一步足迹都值得纪念。

我们的孩子，每一天睁开眼睛，都是一场全新的旅行。我们是他们生命中最初的引领者、同行人。我们决定了他们打开哪一扇窗来瞭望这个世界，我们也决定了他们打开哪一扇门来走入这个世界。很多父母很担心孩子输在起跑线上，其实起跑线上没有"输"，只有站立的位置对不对。孩子站在快乐的那条路线上，他的一生都是快乐无边的，无论征途有多艰险，前方有多少障碍，他生命的基调都是快乐的。

快乐的孩子喜欢探索，探索未知的世界。他会更早地爬行，也许在第一次爬行的时候会跌下床，疼痛让他警醒危险的边沿，但是阻止不了他继续爬行。当他能够行走的时候，他活动的范围会更广阔，屋后的花园、公园里的池塘和假山，甚至商场和超市，那些我们习以为常的生活场景，对于他们而言，都是一个又一个极具惊险和刺激的世界。当他能够奔跑的时候,展望的天空会更辽远,他会逐渐了解世界的意义,在地球的另一边有其他肤色的人,有其他种类的动物和植物,甚至在太空有那么多其他的星球。有那么多的未知和神秘等着他去发现,他简直迫不及待要长大……最终,他会乘着快乐飞翔。

不能因为孩子的稚嫩而置他于羽翼之下,这会磨灭他天生的渴望和勇气,他伸向世界好奇和探索的触角会逐渐变得迟钝,那双我们看不见的翅膀将萎缩直至消失。我们要知道,当孩子的指腹划过电子产品触摸屏帮助植物再次战胜僵尸时,楼下的青草正抽出鲜嫩的第一个骨节;当孩子在冷冰冰的电视屏幕上看到灰太狼被喜羊羊第101次戏弄时,南极的小帝企鹅正破冰远征;当孩子在学前班教师的带领下学会一首不解其意的饶舌歌时,呼伦贝尔大草原上的新生羚羊正在撑起前蹄。我们怎能远离自然的馈养?怎能漠视生命的召唤?我们还有什么理由不带着孩子出发?任何教育都抵不过生命自然生长的力量,旅行让我们更直接地触摸这种力量,并让这种力量直接渗透到我们的肌肤和血脉中。

对于六岁以下的孩子来说,不是他离开家乡,就是到了远方；不是他走过世界，就算旅行。真正的旅行，是让孩子在最熟悉的地方发现最新鲜的感动；是让孩子在陌生的地方发现无处不在的真诚和友爱；是让他在最想探索的未知里找到最朴素、最简单的真理。而在那些时候，你始终与他同在，爱就始终与他同在。在你温柔关注的目光下，他走得有多远，就有多笃定。

不要让我们的孩子去享受大人的度假式悠闲，高级酒店和沙滩美酒里没有孩子成长需要汲取的养分。也不要让我们的孩子去走马观花地游览景点名城，速食快餐式的旅游会让孩子消化不了历史的沉淀。更不要让我们的孩子去顶级购物殿堂，享受的蛊惑侵蚀一旦形成，就会深入骨髓，再也清洗不掉。更不要为了怕孩子脏怕孩子累怕孩子苦，而将他关在家里，他比我们想象的更加坚强和勇敢。不信？你看一看他在阳台上眺望远方浮云的渴望目光。

不要责怪我们的孩子沉迷于电视和电脑，请看一看自己，是否过于沉迷电子产品。科技的先进、城市的发展，带来的是人类触觉、听觉和视觉的逐渐萎缩和退化。最美丽的画面，是你牵着孩子的小手,走出家门,走进这个世界。哪怕只是在楼下的小径上溜达一圈,他也能够踩着鹅卵石,惊奇地触碰一下腼腆的含羞草,被热情小狗的鼻息弄得咯咯大笑。这一时刻,我们在电子世界中渐渐迟钝的触觉、视觉和听觉是不是随着孩子一起苏醒了过来?或者你们只是坐在树底下,他静静地观看一场蚂蚁的倾城之战,他惊讶地接住一颗瓜熟蒂落的果子,然后他用仅有的几个简单词汇描述着眼前发生的神奇的一切。你什么都不需要去做,只是浅浅地微笑,静静地聆听,仿佛在听一场世界上最精彩的演讲。在你的聆听里,他知道你懂得他,他就安心地继续长大。

世界在我们身后,在他们眼前,每一秒钟都如此美妙而不同。我们熟视无睹的,我们习以为常的,在他们眼中都是新鲜而生动的。我们以为无可改变的,他们却认为有无限的可能。我们倍感无奈和无力的,他们充满了无限的希望。

让我们回到最初,看一看最无邪、最天真的眼瞳,用他们的凝视来净化我们的心灵;听一听最稚嫩、最纯净的声音,用他们的笑声来涤荡我们的灵魂。

宫崎骏的电影《龙猫》中，神秘的自然力量就在我们身边，也许是在屋边的一棵大树上，也许是在远方的森林里，就住着无数的精灵，并且只有目光和心灵纯真的孩童，才能巧遇它们。时光不可能复返，心境却可以峰回路转。让我们和我们的孩子一起，回到童话，重新出发，呼唤威风凛凛的龙猫公交车，载着我们到我们想要抵达的彼岸，那彼岸也许是异国他乡，也许是我们最初丢失的故乡。

一程山水一剪时光，留给我们的是永不磨灭的记忆。而对于我们的孩子，除了记忆，还有成长的轨迹，以及他对这个世界逐渐清晰的认知。我们要把这个世界完整地呈现在他们的面前，无论是非黑即白还是色彩缤纷的。

《里约大冒险》中从小被圈养的布鲁，为了挽救一个种族的灭亡，来到危机四伏的南美，遇到最后一只同类鸟儿，遇到捕猎鸟以生存的巴西小孩，遇到白鹦鹉尼格尔。一场冒险之旅，其实也是一场唤醒之旅，唤醒布鲁对自然的热爱和对飞翔的渴望，唤醒巴西小孩尚未泯灭的爱心，唤醒我们对自然的敬畏之心。那个坏小孩，那只狡猾的白鹦鹉，正是他们让这个故事更接近真实的世界；也正是因为他们，布鲁才在最后一刻为了爱展开翅膀。

我们在旅途中，会遇见等待和怠慢，会遇见冷漠和冷淡，会遇见轻蔑甚至轻辱，我们有时会愤怒、会辩解、会抗争，有时则淡然处之。每一种情绪都是自然的，不必压抑而不宣泄。不要在孩子面前粉饰伪装，世界不是童话，它既有白色的光明面，也会有黑色的暗质理。甚至让孩子在保证安全的情况下适当参与解决一场场旅途危机，不但有助于他学习相应的生存技巧，也会让他在不妥协、不屈从的情况下，学会怎样与这个世界达成谅解。冷漠会让他的热情更高涨，轻蔑会让他的头颅更昂扬，他的脚步会飞跃过这些人生中的种种障碍物。

孩子在成长的过程中，从来没有停止过行走，没有停止过探索，没有停止过追问。大嘴鹦哥布鲁的一句"Happy wife! Happy life!"让我们反思发达的科技以及现代化的城市并不见得会让生活更美好。对自然的向往，是包括人在内的所有动物的本能，只是有多少人具有一份说走就走的冒险勇气呢？如果孩子还有这份勇气，我们就应尽己所能，保护好他们飞翔的意愿和翅膀。

我们来到这世界,就是开始一场漫长的旅途。终点,是回归,回归孩童的心灵。

当我们的孩子睁开眼睛的那一秒,请你看着他期盼的眼瞳,以温柔的语气说:"让我们出发吧!"

目录
CONTENTS

- 小花园探秘 ········· 001

- 青之岛 ········· 012
  - 第一眼的大海 ········· 012
  - 那座城，那些人 ········· 026
  - 青岛的烟火味道 ········· 037

- 东方夏威夷的旅居时光 ········· 044

- 贵胄之山村 ········· 060

- 酸辣海上繁花 ········· 072

- 记忆中的绿皮火车 ········· 082

- 香港 ········· 092
  - 香江小邮轮 ········· 092
  - 向外看世界，向内看自己 ········· 107
  - 半山半海半香港 ········· 112

- 东京 ········· 124
  - 最近和最远的距离 ········· 124
  - 一切都会是我们梦想的模样 ········· 132
  - 擦肩而过的一抹浅草风情 ········· 134
  - 快乐会传染 ········· 139

目录 CONTENTS

驶向未来的Himiko水上巴士 ········· 149

风之散步道 ········· 162

风和光自由出入的地方 ········· 170

上野的绯红轻云 ········· 185

皇家新宿御园·言叶之庭 ········· 196

最好的亲子旅行 ········· 206

阅的是书，读的却是整个世界 ········· 216

亲子游的理念清单 ········· 227

1. 亲子游的初衷 ········· 228

2. 亲子游的计划理念 ········· 231

3. 亲子游必备品 ········· 234

小花园探秘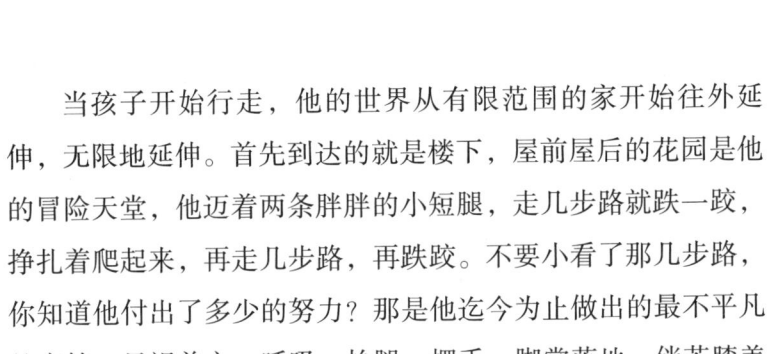

当孩子开始行走,他的世界从有限范围的家开始往外延伸,无限地延伸。首先到达的就是楼下,屋前屋后的花园是他的冒险天堂,他迈着两条胖胖的小短腿,走几步路就跌一跤,挣扎着爬起来,再走几步路,再跌跤。不要小看了那几步路,你知道他付出了多少的努力?那是他迄今为止做出的最不平凡的事情。目视前方,呼吸,抬腿,摆手,脚掌落地。倘若膝盖抬高了,用力过猛,或者摆手的角度不对,两臂失去平衡,又或者落脚的地面不平坦,多了一颗小石子,也许一跤就跌掉了他的全部努力。但是,前方有一丛开得灿烂的石竹花,转角有一架色彩鲜艳的滑梯,小桥下有摇头摆尾的小鱼儿游过,这些神秘事物在呼唤他,他几乎是毫不犹豫地爬起来,继续前行。

曾经我们也是如他们一样,那样勇敢坚强和奋不顾身,不计较痛苦和付出。是什么让我们变得胆小和畏惧,不再向往前方?

看着数次跌倒的孩子,不能因我们心底的怯畏而抱起他,那不是帮助他,而是剥夺他征服"行走"这头怪兽的快乐。我们所能做的,就是在他身后两尺的地方,鼓励他:"宝宝,加油!还有十几步就到了,加油!加油!"当孩子驯服了"行走",并骑着它胜利地到达他想要到达的目的地时,你要尽可能地欢呼,庆祝他生命中的第一次冒险成功。

开始行走之后的三到四年,孩子对花园里的一切都保持着旺盛的好奇心。春夏秋冬,每一个季节,每一天,每一秒,花园仿佛一个变化多端的魔盒,每一天都可以盛满孩子们的欢笑。这是孩子们接触大自然的第一站,这里是大百科全书的第一页。我们只要走下几级台阶,处处都是植物园、动物园、游乐场和冒险天堂,便捷又安全。

那一个春日午后,正是草长莺飞的时光,阳光暖暖的、融融的,照在窗外。整个世界好像睡着了的动物,让人忍不住想爬到它的大肚皮上也打个盹。可是小米醒了,于是我的美梦也醒了。他睁开眼的那一刻,我就知道他又要去冒险了。

电梯的门一打开,小米的脚步就加快了,他几乎是小跑着跌进了阳光里,阳光仿佛水一样被溅开许多光浪。他一脸兴奋激动的笑容,忍耐不住地手舞足蹈,将整个春天都搅动得荡漾起来。我这才注意到不知道什么时候,他手心里竟然捏着一辆他最喜欢的托马斯小火车头,看来他今天是要来一场真正的花园火车旅行了。

他一脸兴奋激动的笑容,忍耐不住地手舞足蹈,将整个春天都搅动得荡漾起来

大概因为春困的原因,花园里一个人影都见不到,安静得能听得见小草拔节的声音。小米蹲在草地上,很认真地观察小草们与昨天有什么不同。趴在地上的碧绿色的是草妈妈,抽枝拔节挺出地面的是草宝宝们,嫩绿色里带着透明的黄色。草爸爸呢?嗯,埋在地底下的草根就是草爸爸们。

"你踩在草身上,它们疼不疼?"

"不疼。我踩在草妈妈身上,我不踩草宝宝。宝宝踩在爸爸妈妈身上,爸爸妈妈都不疼的。"

他把自己和草宝宝混淆了。

有几棵爬藤从灌木丛里悄悄地伸出稚嫩的触角,企图侵占小草们的领地。小米思考了一会儿,拣了一根小树枝,小心地将爬藤们一一地挑到灌木枝上。他用树枝去挑,不直接用手,是因为不知道爬藤们有没有危险。

在植物大战僵尸的小游戏里,我借助那些绘画出来的战斗型植物,告诉他自然界里有些植物跟动物一样危险,会缠住人的手脚。一定要反复地教导孩子们在探索过程中如何保护自己。虽然我们的小花园里没有噬人的可怕植物,但是在孩子最初的行走中,危险总是如影随形,说不准什么时候就会从天而降,比如一条色彩斑斓的毛毛虫,或者一蓬花开艳丽的夹竹桃。我们不能像保护伞一样时刻保护他,只能不断地教导他启动自我保护的开关。

在干预了小草和爬藤的领土之战之后,小米被草丛里几只忙忙碌碌的小蚂蚁给吸引住了。世上竟然有比他小这么多的小生命,它们那么小,却又那么灵活,自顾自忙忙碌碌地走来走去,一点儿都不顾及他的目光注视。为了引起蚂蚁们的注意,他伸出食指挡住了它们的去路,小蚂蚁的触角在他指尖试探了几下,扭头就朝另一个方向爬去了。我赶忙告诉他,小蚂蚁们正在工作,打扰别人的工作是不礼貌的。在小米的概念里,工作是一件无趣的事情,因为工作着的妈妈是无趣的,不能陪他玩耍。

小米被草丛里的小蚂蚁吸引住了

但是小米自有他自己的解释:"这些蚂蚁不是在工作,它们是要赶回家陪它们的宝宝玩耍,所以它们走得很快。"他将自己的愿望寄托在这些小蚂蚁身上,一边说一边将一根挡住蚂蚁去路的枯草给抽走了,轻声地嘀咕:"小蚂蚁们,排排队,回家家。"

小蚂蚁们排着队横跨过"高山"和"盆地",一寸寸地朝着自己的家园靠近。

小孩子们常常觉得自己很伟大,想象在这个世界上有很多比自己弱小的生命需要他们去帮助、去拯救。

英国作家玛丽·诺顿的《借东西的小人》系列小说甫一推出就受到了全世界儿童的欢迎。那些只有十多厘米高的小人儿们生活在我们生活的空隙中,借取我们人类的物品而生存。宫崎骏的动画电影《借东西的小人阿莉埃蒂》就是改编自《借东西的小人》。电影具有宫崎骏一贯的唯美灵动的风格、质朴而具童趣的画面,透析出博大而深沉的主题:小人儿们借取人类的东西赖以生存,而人类又何尝不是从自然界借取资源而生存?我们每天所需的空气、水、食物、土地,哪一样不是来自自然的馈赠?小人儿们的世界中没有"金钱"这个概念,他们无法靠购买来生存,一切都必须靠自己的努力,借东西的路上也充满了坎坷、未知和危险,但是他们懂得珍惜与感恩,与人类和谐共存。即便如此,电影中的人类男孩翔还是没能拯救小人儿阿莉埃蒂一家的命运,家被人类破坏,妈妈被关到糖罐里……当阿莉埃蒂一家不得不随河漂流远方而与翔分别的时候,翔带给阿莉埃蒂她最想要的一粒方糖。阿莉埃蒂说:"谢谢你,保护了我。"

翔说:"你已经是我心脏的一部分。因为你,我才有活下去的勇气。"

这个患了心脏病的人类孩子，纯净得像一滴晨露，他最终发现，他拯救的不是阿莉埃蒂一家，而是他自己。

不知道从什么时候开始，人类开始自视为自然界的主宰，无度索取，森林、土地、海洋和空气受到污染，动植物种类逐渐减少……地球满目苍痍。索取无度的人类创造的高度文明的社会，会不会有一天也会被自然界"连根拔起"？

留给下一代再多的金钱和物质，不如留给他们一个干净的自然环境，一个干净的成长环境。大自然始终无私地哺育我们人类，我们人类什么时候才懂得反哺它？

当小米渐渐长大，他会渐渐发现自己的渺小，渐渐发现这个世界需要拯救的不是借东西的小人儿，也不是行色匆匆的蚂蚁们，而是我们人类自己。

小蚂蚁们赶回家去喂自己的宝宝了，被小蚂蚁们冷落了的小米，兴趣盎然地开始了另外一个游戏。他开始在地上爬行，像小蚂蚁一样。在很小的时候，小孩子会爬行得比较灵活。而当他们一旦习惯了行走，曾经灵活的爬行本领就逐渐退化。就像我们自己，习惯了戴着有色眼镜看待这个世界，就不再喜欢直面自己。行走是人类身体机能发展的一大飞跃，而伪装是人类智力发展的一种退化。只有与孩子在一起，你才是你的本原，你不必在意今天的着装是否得体，今天的微笑是否合格。甚至，就像此刻，你也可以趴在地上，跟孩子一起爬行，唤醒神经末梢那些久远的触动。因为孩子，我们常常会做一些常人不想做、不敢做或者不能做的事情。

小米很快又惊喜地发现了新的桃花源———一片晾晒场。我们这个小区有四栋三十多层的高楼，物业管理公司专门开辟了一个晾晒场，方便高层住户晾晒大件衣物和被褥。明亮的阳光下，一条条晾衣绳横贯东西，晾着色彩缤纷的被单床套，将整个空间分隔成曲折往返的复式迷宫，一层一层都是惊喜。一阵微风吹来，掀起各种花色的被单，此起彼伏，蔚为壮观。小米咯咯地笑着，在几层被单的后面唤："妈妈，来找我呀！看看我躲在哪里了。"我隐约看到他的身影从一张圆点被单后轻灵地闪到一张蓝绿格子被套后。又一阵风吹来，被套被掀开，他整个身体都暴露在外了，但是自己却还蒙在鼓里。他正弓着肩膀，身体一抖一抖地憋住笑，等着吓我一大跳。

小花园渐渐地有其他人声，我正纠结着要不要继续还原成孩童的形态与他玩躲猫猫，一个小女孩拯救了我。

小女孩可能本来就在晾晒场另一边玩耍，是小米的笑声将她吸引了过来。孩子与孩子之间的交流很神奇，因为相近的年龄，所以不需要搭讪，只要眼神彼此交流一下，很自然地就玩在一起了。躲猫猫是人类最恒远的游戏。一个人躲，另一个人寻。躲的那个人还没等到寻的人走近，就忍不住笑出声来，或者跳将出来。也不知道谁胜谁负谁赢谁输，就笑作一团。也许他们的世界里没有输赢，没有成功和失败，只有快乐和不快乐。

晾晒场中被单猎猎招展，招呼着两个窜来窜去的身影。笑声飞扬，浮到空中，像蒲公英的种子一样，飘散到很远很远的地方。阳光已经偏西了一些，烈度淡了，但是色度更浓了。从西南方向吹来的煦风增加了这种浓稠度，仿佛阳光因此成了一团流动温暖的色彩，被风儿泼洒到晾晒场上空了。我只有蹲下身来，才能看到两双小脚在被单的光影斑驳中急速地移动。我放心地站起身来，眼前光影迷离恍惚，整个世界的节奏瞬间都变得缓慢了。

厌烦了追逐打闹的游戏，孩子们一前一后地坐在晾晒场边的小桥上休息。休息不了片刻，他们又转移阵地。这一次跑到干涸的喷泉池边去钓鱼。他们煞有介事地挑着树枝垂钓，静静地等待鱼儿上钩。姜太公钓鱼的钩子还是放到水里的，水里的鱼儿愿者上钩。孩子们钓鱼，不要说鱼，连水都不存在，一切只要有想象就够了。

一切都在他们的想象之中，世界都在他们的想象之中。

春到人间时日未久，仿佛不太适应这样慢节奏的下午，所以不知道什么时候时间偷偷地走快了几步，小女孩要跟随父亲回家了。

小女孩走后，幸亏有托马斯小火车陪小米。在阳光不再炽烈的时候，小花园里的动植物合议选举，让一只蚊子做代表，在小米的脸颊上亲吻了一下，留下了一个又痒又疼的吻痕。

这个结局不是那么美妙，但是时光悠悠的下午，小花园的所有秘密都对小米敞开过，他看到、听到、触摸到、感受到的一切过程都那么美妙而生动，都与昨天不同。昨天是与一只蚂蚱对视，今天是与一群蚂蚁并肩。昨天是与两个大哥哥玩"守护家园"的游戏，今天是与一个小妹妹玩躲猫猫。昨天是阴霾天气，今天万里无云，天空晴朗，晒场繁忙。昨天草宝宝们还没有这么密集，今天爬藤都长出来了。那么，明天呢？

明天又是一个新鲜的日子，对于小米是如此，对于小花园是如此，对于整个世界都是如此。

最重要的是，明天是一个快乐的日子。

青之岛

 第一眼的大海

青岛之旅,是小米第一次出远门。

从南京到青岛,高铁五个多小时就到了,方便又快捷。

青岛美丽的海滩

对我们大人来说,这不过是一场远足。但对初出远门的小朋友来说,这是一场真正新奇惊险的旅行。青岛是小米记忆中第一个可以叫作远方的地方,也是他幼年的记忆中第一次懂得什么是留恋的地方。

在出门之前,小米以为他要去的地方叫作大海,于是他神往了很久。在临出发前几周,小米就跟周围的小朋友们高调宣扬,他将要去看大海了!别的小朋友问:"大海?大海是什么?"小米很茫然,回答道:"大海都是水。"小朋友更加不屑一顾了:"都是水有什么好玩?还不如在家看动画片呢!"小米没有得到应有的回应,失落之后却丝毫没有影响看海的心情。

从坐上直达青岛的高速列车开始,他就处在一种莫名的兴奋当中。作为一个3岁的每天必有两个小时午睡的孩子,小米一路上睁着两只大眼睛,毫无睡意。想图一时清静的我,无论怎么威逼利诱他睡觉都毫不奏效。五个多小时的车程,我在头昏脑涨的情况下跟着人流下了车。青岛迎接我们的是一场薄薄的雾霾,天气不冷不热,倒是适合出行,所以并没有太影响我们的心情。

出了车站大门之后,无意间回头,那一瞥奠定了我们这场青岛之行的基调。这座火车站作为火车站，简直是被埋没了。没有高大通亮的顶棚，没有熙熙攘攘的人群，没有沿路兜售的小贩，它只是安静地挺立在那里。若有似无的雾气笼罩着红色的琉璃顶，拱形玻璃大窗，花岗岩墙面，如果不是钟楼上鎏金的"青岛站"三个字，我怀疑我们乘坐的不是火车，而是时空穿梭机，我们到达的不是青岛，而是欧洲某个阴郁多雾的小镇。

我还在欣赏这座欧洲文艺复兴风格的建筑，一路亢奋的小米已充满了能量，学着其他旅人的样子，将一只比他的身形还要大上两倍的行李箱一路拖行，一路磕磕碰碰。幸亏我们的酒店就在火车站不远处，不然这只行李箱才到青岛就得壮烈牺牲。

在酒店放下行李，选了可以远眺大海的房间，推开窗户，果然一阵甜腥的海风拂面而来。大海呢？说好的大海呢？我们看到远远的高楼大厦之间，大海只是羞涩地露了一点脸。但是让我们惊喜的是，远看过去，雾霾竟然渐渐散去，阳光洒在海面上，漫射出金色的光束。青岛将它变幻莫测的温带季风性气候发挥到了极致。

所以在旅途中，无论遇到什么，即便是不期而遇的坏天气,或者是从天而降的坏事情,我们都要始终保持一颗安定的心,不急不躁,不怨不悔。在平静下来的下一秒钟,也许一切都会峰回路转。就像青岛这个城市,它一面展示它的高贵优雅和含蓄多变,同时又不忘表现它的热情和坦诚。

旅行的意义就在于此,无论是听过多少城市传说,看过多少旅行攻略,你永远不知道你将要去的地方是什么样的,只有你亲眼看到的才是真实的。也许别人看到的青岛是另外一种样子的青岛,而我们第一眼看到的青岛很优雅、很知性,甚至带有小女人的多变。后来的几天,小米又看到了青岛的另外一些面貌,每一种面貌就像魔方一样构成了青岛在他心中的样子,让他长久念念不忘。

我们稍稍休息,就下楼奔着大海而去。在酒店楼上看大海很遥远,其实走过去也不过十分钟,还不包括一路上小米不停地被小摊子上的海螺、珊瑚和珍珠玩具所吸引停驻的时间。

这是青岛的第一海滨浴场,并不是最好的沙滩,但却是人最多、最热闹的沙滩。远远地,栈桥一线旖旎,拨开海天相接的天际线。

从天际线那儿你推我挤地滚过一波一波的浪花儿。有人站在海边，看到浪来，早早地逃开，被追得心花怒放。终于逃过一劫，又兴致勃勃地回到原地，然后再来一次绝地大逃亡。大概大家都是旅人的缘故，这样地游戏也没有人觉得尴尬。还有人在挖沙、捡贝壳、跳海浪……大部分人在平常的生活中要顾及自己的形象，但一旦到了陌生的环境，面对陌生的人群，反而更自由自在，内在的被封闭的自我会被释放出来，做一些自己永远没有勇气去做的事情。有一个姑娘拎着鞋子、穿着裙子走到海水中，回头招呼她的男友，于是她的穿着正装的男友也不顾笔挺的西裤和雪白的衬衫，脱了鞋袜就走入海中，却不提防一波海浪袭来，将两人打个正着，两个相爱的人浑身水淋淋地相视大笑，没有狼狈，只有快乐的感觉如海浪一样向我们涌过来。

这是小米第一眼看到的大海，他期盼已久的大海。仿佛等待已久的礼物，等它真的降临到他面前，他竟然不知道该做何反应。他茫然地看着海边兴致勃勃地戏浪玩沙的人，茫然地看着海浪一波波地涌来，茫然地看着水面上的摩托艇呼啸而过。这对于他来说，是一个陌生而全新的世界，他需要一些时间来适应。

从下防风坡开始，小米就不敢下地走路。因为坡堤上到处散落着小石块、碎贝壳以及被人随意丢弃的垃圾。他穿软底的花园鞋,被硌得哇哇大叫。我们走到沙滩才放下他,他还是不敢走。三岁小孩子的疼痛记忆是深刻和长久的。但是大海作为一个神奇的存在,用它身边嬉戏者无尽的欢乐笑声吸引着孩子们的全部心神。小米伸出小脚丫一步一步地试探,先轻轻地触沙,感觉到没有尖锐触疼了再踩上去,这样一步一步地行走,只不过走了一米,他就用飞跑来宣告测试的结束。他跑进浅滩中,又迟疑了一会儿。临近傍晚的海水稍显冰凉,这种温度的微差他在一分钟之内就调整了过来。他开始踢水玩儿。飞溅的水花让他感觉到了自己与大海的接触,这种接触新奇又刺激。小米又往前走近几步,等到海浪滚滚而来,他反应慢,来不及逃开,中裤的下摆一下被溅湿了。但是,已经渐入佳境的小米,顾不到那么多了。他开始踩海浪,来一波踩一波,乐此不疲。大海仿佛也要跟他玩个没休,一浪高过一浪,一波紧过一波。

有熟悉大海脾气的人提醒道:"要退潮了。"果然,海风似乎更冷了,而海水也更凉了。于是我们将恋战的小米拖回了岸边。

牵着小米的手,沿着因海浪冲刷而平滑紧实的沙滩一路走过去,脚底初触沙面的冰凉,很快会被沙底留存的温暖所代替。有些细沙从脚趾缝之间钻出来,酥酥麻麻的,也是一种前所未有的体验。夕阳格外留恋人间,挂在高楼的缝隙中,只将远处的海水和天边镀上了一层暖色，让海风也变得温柔起来。极目之处，对岸的绿树红房也仿佛色调偏暖的老照片一样，闪着温馨的底色。青岛的第一眼，底色里浸满了温馨。

但是，经过了第二天的石老人海滨浴场的狂欢之后，小米对大海又有了更深层次的迷恋。

石老人本是一座当地小渔村的名字。关于"石老人"这三个字的由来，还有一段感天动地的传说。

据说，石老人原是居住在崂山脚下的一个勤劳善良的渔民，与聪明美丽的女儿海花相依为命。不料一天女儿被龙王太子抢进龙宫，可怜的老人追到海边，扑进海水中，不顾海水没膝，呼唤女儿的名字。就这样日夜呼唤思念，老人直盼到两鬓全白，腰弓背驼，仍执着地守候在海边。后来趁老人坐在水中凝神之际，龙王施展魔法，使老人身体渐渐僵化成石。海花得知父亲的消息，痛不欲生，拼死冲出龙宫，向已变作石头的父亲奔去。她头上插戴的鲜花被海风吹落到岛上，扎根生长，从而使长门岩、大管岛一带长满野生的耐冬花，世世代代温暖着崂山脚下的人们。当海花快接近崂山时，龙王又施魔法，把姑娘化作一巨礁，孤零零地立在海上。从此父女俩只能隔海相望，永难相聚。后来人们把这块巨礁称为"女儿岛"。

这是关于父女两代人的最温暖的故事,因为这个故事,青岛这个北方海滨城市的面目也变得一派温柔怜惜。

第二天一早,我们从青岛市区出发,沿着海岸线向东行驶十几公里之处就是石老人海滩。走在石老人海滩上,我们才知道这才是真正的青岛海滩。一望无际的大海,被金色的无边的沙滩环抱在内,在寂静的清晨,仿佛一位母亲带着孩子刚刚醒来。海浪轻轻地、温柔地抚过沙滩。沙滩被海浪扫过的部分,光滑得像一面镜子,照着湛蓝的天空。海鸥划过一线痕迹,消失在岸边密密的树丛间。

小米已经完全适应了沙滩的触感,他穿着小游泳裤,戴上游泳镜,甩开小胳膊,简直一刻都等不及地跑向大海。如果说昨天是小试,今天就是疯玩了,完全投入地跟大海玩在一起。先是"浮浪",闭上眼睛随着浪花享受海水温柔的触摸,皮肤被海水浸湿之后,晒在阳光中闪着温润的色彩。不经意地呛了两口海水之后,他开始"跳浪"。远远地

小米投入大海的怀抱

看着一波浪来了，他在我的帮助下，极快地跳起来。有时候跳的时机不对，还是被浪打到身上，他一点儿也不恼怒，仿佛捉迷藏被发现了一样，哈哈大笑。"跳浪"是极消耗体力的，玩累了之后，他开始玩沙。玩沙的招式就多了。孩子们最乐此不疲的就是挖坑，不停地挖坑，坑被海水冲平之后，再挖。当然少不了沙疗的游戏。小米跳进自己挖的坑里，自己扒沙盖上自己的身体，直到身体全都埋在沙下。他想要摆出一副胜利的姿势来，怎奈彼时他的小手指还不够协调，不是伸出三只手指就是一只手指，但是快乐只会多不会少。好动的他怎么会安分地待在沙下，两分钟不到他就抖开了沙子，又开始新一轮的搏击海浪。

这时候沙滩上的人渐渐地多了起来。石老人海滩跟第一海滨浴场不同的是不仅干净和人少，还有来这里的不全是旅人，很多人装备齐全地来游泳，一到海边迎着浪头就飞射了出去，十几秒钟之后只能看到黑色头发远远地浮在浪头上。逆浪游泳除了泳技，还需要极强的毅力、体力和勇气。一米多高的小米站在浅滩上，海水只没过膝盖，他脸上一副羡慕得不得了的表情，直到看到了更新鲜的，他的嘴巴就呈"O"形了——有人在玩冲浪。

海风劲烈了些，所以浪头也高了些。冲浪的人穿着深蓝色紧身衣，随着波浪的涌动极快地冲上浪头，完全靠双腿的力量，用身体和双臂来保持平衡，然后划一道完美的弧线，缓降到浪花四开处。浪最大的时候，只能看到他的矫健身影在浪的光影中倏忽而过。一个很高的浪滚滚而来，冲浪的人做好了准备，我们眼看着他冲到极高处，正要为他叫好，突然他一着不慎，一个跟头栽了下来，扑在沙滩上。但相较于身体上的伤痛，失败的沮丧感更明显地显露在他的脸上。这跟我们的人生经历是多么相似，常常在制高点突然栽下，有些人就此一蹶不振，有些人却愈挫愈勇。冲浪的人属于后一种，他拾起冲浪板迎着新的一波浪花又冲了过去。

小米看着他冲浪，刚开始是新奇和羡慕，但是小孩子专注的时间也不过二十分钟，看得久了，也觉得无趣。于是我们沿着海滩往人少的另一头走去。远远地看到一座山的轮廓，不知道是不是石老人山。沙滩越走越平坦，海水退下后的细沙柔软，一整片地铺陈在脚下，令人感觉仿佛走在滑腻的丝绸上。海水浅浅地滑过，将我们身后的脚印一一抹平，倒是留下一些细小的寄居蟹，极快地爬动，留下细细的棉线一样的痕迹。我们得随时提防踩到寄居蟹了，不是怕硌脚，是怕一不小心踩碎了它好不容易才找到的家。

一对情侣在我们的前面抓寄居蟹玩，我也抓了一只，那只小蟹缩在一只小小的直角螺里，露出透明的前爪和四处探望的小眼睛。小米也开始拣寄居蟹，我们用空的矿泉水瓶灌了半瓶海水，暂时充作小寄居蟹的家。这一片海域寄居蟹太多了，随手俯拾，就拣了小半瓶。

我们再往前走，金黄色的沙下渐渐露出黑色的岩石。我们穿上鞋子，踩着岩石走上一片滩涂。被海浪抚平的岩石层并不嶙峋，上面挂着墨绿色的海藻，坑洼里留着海水，靠近海水的岩石上层层叠叠地生长着鲍鱼。鲍鱼个头很小，大概因为暴露在空气中，大部分都岩化了。

有一些当地人拎着塑料袋在翻石头找小螃蟹，那种小螃蟹比一只硬币大不了多少，浑身都是透明的，只有两只眼睛是黑色的。我有些不忍心，问老人："他们抓这些小螃蟹做什么？"他用憨厚的当地话回答："捡回去洗洗，直接油炸，配上啤酒很脆的。"

正在低头学着人家翻找小螃蟹的小米没有听到这番对话，他在翻开的石头下发现了一只螃蟹，正在哇哇大叫，不敢伸手去抓。我赶过去，那小螃蟹横着身子藏到另一块石头下面了。我将石头翻开，轻轻地将螃蟹连沙水一起挖起来，递给他看，并将小螃蟹放在他的手上。小螃蟹立刻撒腿狂奔，我们母子俩看着小螃蟹挤进了一条岩石缝隙里，相视而笑。这条缝隙相对安全，不会被翻开。但是每只螃蟹都有自己的命运，在这一刻我们的小小善意行为，根本改变不了什么。

我们继续朝前走，我边走边问："螃蟹为什么要横着走？"小米答："小螃蟹的腿太多，直着走它的腿会打架。"

回头看看，我们离人群聚集的沙滩很远了，远得只能看到沙滩上的人影，仿佛一只只小小的寄居蟹一样，毫无意识地划出自己的痕迹。其实我们人类更像寄居蟹，我们寄居在大自然里，汲取着自然的养分。自然无私地给我们阳光、沙滩、海水，我们却还给它一个满目苍痍的世界。想到第一海滨浴场满地的沙砾和垃圾，我的眼睛和心同时有一种堵塞的感觉。

我们继续我们的沙滩行程，一抬头，一座岩石山横亘在眼前。山并不高大，从远处看也不过是一块大一点的岩石。它就是传说中的石老人么？海风呜呜地吹着，没有人回答我。

从侧面看起来，很像一个老人的剪影，长久疲惫地等待之后，一手托腮，依然充满期望地凝神注目海面。远处的海上果然矗立着一块岩石，那就是为他而奋不顾身的女儿海花吧，呜呜的海风，似乎就是从那个方向吹过来的。看过的风景可以再看,而离去的人却永远只在回忆中了。

其实,这两块岩石不过是岩石,是人类的感情和想象赋予了它们温暖的基调和灵魂。人世早已沧桑,日月更替无数,只有亲情是永恒的,仿佛这两块岩石,日晒水浸,依然改变不了它们内在的坚韧。大自然负责鬼斧神工,人类负责寄情于斯,这才是杰作。

我回头望着从一块小岩石跳向另一块小岩石的小米,他这样的年纪,还理解不了离别的滋味。但是无论我们多么不舍,总有一天,我要先离开他,或者他追寻自己的梦想而离开我,只有在当下这个时刻,我们彼此相伴。我的目光所及之处,到处是他的身影,这就够了。对于必将离别的将来我一点不觉得悲伤,我只是尽我所能地陪在他的身边,辞掉外资公司的工作,从月子里开始独自拉扯他,带着他出来旅行,我尽可能多地打开世界的大门,让他走进去。我知道他每走一步,将会离我远一步。在不需要父母陪伴的将来,他会看更多的风景,遇到更多的人,只要他离开之后,在某个落日的黄昏,从心底最温暖的底色里泛起我的面容,这就够了。

阳光渐渐地西斜,我们朝着当初下海的海滨入口走去,只有那儿的简易更衣室能换泳衣。一路走,小米一路用脚丫在海水刚刚抚平的沙上留下痕迹。背景是风平浪静的大海,浪花轻柔地漾过来又退下去,我和小米共同用脚尖在沙上画了一个爱心。爱心下一秒就被海浪带走了,但是无论什么,都带不走此刻小米脸上的笑容和我们母子之间与生俱来的依恋。

我们一路浮波踏浪,因为彼此牵着手,心底都觉得很踏实。天色渐渐地暗下来,海风带着丝丝寒意,于是我们换衣上岸。这一天,我们的感官里都是海和关于海的一切,晚上睡觉的呼吸里都带着清浅的海的气息。

我们在青岛第三次下海,是游览八大关之后,从花石楼旁边的小径,直达第二海滨浴场。第二海滨浴场并不常对公众开放,也因为要经常接待贵宾,所以场地非常干净,但是沙的质地和海水的清澈度还是不如石老人海滩。缓坡的沙面上,许多外国人铺一张毯子就开始进行日光浴。德占时期,这儿曾是欧洲人狩猎、游泳、进行日光浴的天堂。

这一次我们没有换泳衣,只是脱下鞋子,卷起裤腿,在海边浅滩中走一走。沙滩上到处都是拍婚纱照的新人,碧海蓝天,白裙飘舞,轻纱飞扬,第二海滨浴场成了一处浪漫的沙滩。

那座城，那些人

去过青岛的人，对青岛的印象，常常有两种极端。一些人回来告诉我们：青岛什么都是好的，啤酒随便喝，海鲜随便吃，酒吧热闹，建筑有风情，海滩干净，天空湛蓝，还有什么地方能比青岛好？另外一些人反驳：一下火车就被骗，沙滩上到处都是人，用塑料袋装啤酒，说话跟吵架一样，饭店里的海鲜都是死的，还缺斤短两……

听起来是双方都证据十足。于是我们决定亲身试验，细细去品味青岛。

最精彩的旅行不是不走寻常路，而是走一段别人都走过的路，发现一些只有自己才能看到的精彩景色

最精彩的旅行不是不走寻常路，而是走一段别人都走过的路，发现一些只有自己才能看到的精彩景色。而此行的重点，当然是让小米领略一座与自己出生成长的城市完全不同风格的城市，知道在自己所知道的世界之外还有世界，在自己所爱的人之外还有更可爱的人。

在全世界范围内，很少能在一个城市里同时欣赏到不同风格的各种建筑。青岛是一个例外。在青岛的八大关,你可以沿着一条路,从文艺复兴式建筑参观到哥特式建筑,从哥特式建筑欣赏到巴洛克式建筑,再从巴洛克式建筑浏览到拜占庭式建筑,甚至连洛克克、新艺术运动等风格的建筑都一一呈现在你面前,更遑论青岛各条大街小巷里各个时期的官邸名居了。我们行走在青岛的街头,到处可见尖顶、花窗、拱柱、花岗岩墙,跟第一眼看到青岛的老火车站一样,让人恍惚以为置身欧洲古镇。

我们沿着最靠海边的山海关路向东行驶来到著名的花石楼。花石楼是八大关景区唯一开放的建筑,曾为蒋介石、戴笠的官邸。整栋建筑外形融合了希腊、罗马和哥特式风格,屋内设施又带有中式的庄重典雅。柜门上精美的葡萄雕工非凡,让小米同学忍不住一触真假。站在三楼的观海台上看不远处的大海,像一滴清新的晨露折射着阳光。

想拍摄欧式风情婚纱照的新人正在楼前楼后拍摄大片,小米一不小心就把穿着曳地长裙的新娘当成了背景。其实大家想要的

小米一不小心就把穿着曳地长裙的新娘当成了背景

背景都是花石楼，但是对于花石楼来说，我们所有人都是背景。我们是过客，是岁月里的过眼云烟。近百年来，花石楼不动声色地屹立在青岛一隅，看桑田，看沧海，看硝烟，看变幻，看渺小人类费尽心机、呼风唤雨，不过换来此刻陌生后人的声声叹息。花石楼外的铜人，竟然是美国大兵和活佛济公的混搭模式，竟然也相当和谐。

小米在八条马路之间穿梭，欣赏暗藏古老英式标志的铸铁大门，在宋氏家园的木门前驻足。有几幢建筑周围站着黑衣的保安，但他们对于小孩子也很宽容，允许小米站在镂空门前张望。

我们走过八大关之后，去了小朋友最向往的极地海洋世界，去了中国海军博物馆，每一个地方都有精彩的画面和难忘的故事，值得我们回到自己的城市后，还不断地回味。但是，最终让青岛这个城市与众不同的是人，是生活在青岛这个城市里的人：那些弓着腰背走山路的古稀老人，那些拎着塑料袋喝啤酒的豪迈女人，那些随时伸手帮你的热心肠男人，以及随处可见的继承了青岛好客传统的孩子们。

到达的第一天，我们从第一海滨浴场上岸之后，开始寻找海鲜餐馆。因为靠近火车站，要找到一家地道的餐馆真是不易。有些人一到夜里反应就会慢半拍、晕方向，很不幸我就是那一类人。我在小街巷里迷路了很久，才敢开口问路，还特意挑了一位面目柔和安详的老太太。老太太听清我的意图之后，一开口，中气比年轻男子还要足。中气足也有好处，那就是句句清晰。她每说一个路名或者地名，我为了加强记忆都要重复一遍。结果老太太以为我不明白，于是回过头来再重复一遍。我第一次与这样年纪的老人家用这么大的声音说话，诸多不适，感觉欺负了她一样。充满歉疚地连声感谢之后，我想脱离这种困境。但是热心的老太太以为我没有明白就要走，坚持跟着我们要给我指路。到了下一个路口，老人家还觉得不放心，大有一副不送我们到目的地不罢休的势头。在我的反复推辞之下，她才停住了脚步，但是依然站在原地，望着我们远去。我们在老人家的目光中生怕走错一步，再让她担心，让她追上来领路。

我们快要走到路口才敢回头，看到老太太还站在路边，在巨大的悬铃木的光影下，面目模糊，身形瘦小，仿佛黑白电影里的某个场景。我突然觉得鼻酸，想起远在家乡的奶奶。虽然奶奶与她完全不同，一个轻言细语，一个声如洪钟，但是都有同样祥和慈爱的目光。

旅途中，能够触动你心灵的从来不是美景，而是在美景中的人。如果旅途中的某人，突然令你想起自己的家乡，想起自己人生的起点，那么无论你走得多远，都不会在路上迷失方向。你最终会在那些人的感召下，找到内心的那个自己，那个最好的自己。

我们去中国海军博物馆的时候，正是天气最晴朗的一天。夏天的青岛天气不会太热，在海风的吹拂下，早晚还要穿上长袖外套。但是正午的阳光跟青岛人的脾气一样，还是格外猛烈，紫外线强烈。小米戴着蓝色的小草帽，在一堆展览的武器中玩得满身大汗，对每件武器都要仔细观赏，能摇动的都要摇动玩耍，能爬上去的一定要爬上去试驾。小男生天性中对机械的敏感让他无惧烈日。到参观潜水艇的时候，要排很长时间队，他竟然也无怨言，一步一挪地和一群大人在潜水艇狭窄的走道里挤在一起。

站在我们后面的是一位魁梧的大汉，正和他的妻子、儿子一家三口一起排队。听说话的口音，他们应该来自比青岛更北的地方。潜水艇全钢铁制造，停泊在水面上，水汽蒸腾，日光照射，热得排队的人仿佛被煎烙一样。

终于轮到我们下潜水艇了。那圆形艇口不过两尺多宽，挂着一架小小的挂梯，只容一人通行。被头顶的强烈阳光照射，无法看清艇内的情形，小米突然胆怯了，在艇口犹豫良久不敢下梯。原以为身后的一家三口会抱怨，谁知道竟然没有。最后那汉子说："让我们先下吧。"

我连忙将小米抱起来，让他们先下。那汉子下到一半，露出半个身子，对小米说："来，小朋友，我抱你下去。"

小米看看他的眼睛，竟然点头同意了。于是小米几乎是被那位汉子用手臂夹着下去了，我一秒不停地跟着下到艇底。

艇底格外狭窄，很多地方都要弯身前行，这倒方便了三岁小矮人小米，他又开始勇敢起来，每一样东西都要摸一摸、动一动。刚才那一家三口不知道什么时候又落到了我们身后，大概是因为他们那样的身高在艇里行动不太方便吧。

艇底并不大，几分钟后，我们又到了出艇口。小米面对着垂直的悬梯开始犯难。还是身后的那个大汉说："我们先来！"

于是他们一个个鱼贯而上，我抱着小米爬到一半，小米就被那个男人接了上去。等我爬上去想说声谢谢，那家人留给我的已经是背影。隐约还听到男人跟他的妻子因为某件事在高声争辩。我突然明白,他们那不是争吵,而是一种我们难以明白内情的甜言蜜语。就仿佛战争期间的潜伏卧底,他们有一套自己的表达爱的独特方式,只有他们自己才明白彼此,这就够了。

他们的外表看起来有些粗鲁,说话也很大声,但是他们热血,他们勇敢,他们古道热肠,正是这些人让我们的旅途不但不那么艰难,甚至处处充满意外的惊喜。

当你用净化过的心灵去看待他们的时候,这些人也变得那么可爱,就如眼前越走越远的那一家人,我甚至不知道他们来自何方,我们只是在青岛这个城市的某个景点偶遇,然后他们会回到他们的生活中去,而我和小米也会回到我们的生活中去。只是彼时的那一刻,他们伸出不计回报的热情之手,留给我们感动,然后悄无声息地离去。

后来我们在军事博物馆卖纪念品的地方又遇见他们,老公给孩子买了一个冰激凌,老婆很是介意,于是两个人又进行了新一轮的争辩。他们的孩子安静地坐在椅子上吃冰激凌,他对父母相处的方式已然司空见惯,可能在他们的争辩中,他更坦然,更觉得有安全感。

每个人都有自己的人生,每个人都以自己的方式生活在这个地球上。如果我们彼此更宽容和理解，彼此更信赖和接纳，哪里会有地域差异？哪里会有城乡差异？如果我们做得更好一些，甚至没有贫富差异、种族差异和信仰差异。我们常常以偏概全，我们常常一叶障目，用自己的世界观、价值观和道德准则来规范别人，但是却不懂得严于律己。

离开青岛的高铁是在中午，退房之后，有半天的时间可以在这座半山半海的小城里闲逛。青岛给了我们一整个阳光灿烂的旅期，在最后一天，仿佛也有些舍不得我们离开，整个天空又开始阴郁起来，任海风怎么吹，也吹不散迷离的雾气。

当小米得知我们即将要离开青岛，有些难过，坚持要再去看一次大海。其实，该难过的是我们。在他的人生中，看海的机会还有很多，只不过有一天，当他长大，陪他看海的就不再是父母了。

于是我们再一次走向离青岛火车站最近的第一海滨浴场。阴沉的天气、寒冷的湿气降低不了人们看海的热情，沙滩上还是密密麻麻的人群，大家欢呼雀跃着与大海嬉戏。

我们找了个人相对稀少的地方，小米继续他的踩沙和踩浪游戏，我继续吹海风。

两个年幼的孩童在沙滩上相遇、玩耍、对视、大笑

不知道什么时候,小米走到了一个正在挖坑的孩子身边。那个俊秀的男孩的年纪跟小米差不多,白皙的皮肤,脑后留了一溜稍长的头发。他用挖沙工具挖了一个大坑,坑里集了一洼的海水。小米刚开始站在边上观看,后来男孩抬头邀请小米加入他的游戏。小米立刻欢欣鼓舞。于是在接下来的近一个小时的时间内,两个小孩子一趟一趟用小桶从海边拎水灌坑,然后玩浇水壶,用大针管抽水,将海水洒得四处都是。坑里水浅了,会有一人自觉地到海边拎一桶水过来。两个孩子之间并没有多少言语,最多也就是:"你把那个给我,我这个给你。"常常有一人一个不小心将水洒到自己的裤子上或者对方的脸上,但谁都不恼,只是相视哈哈大笑,又低头玩。或者是其中一个觉得自己可以将大针筒里的水挤成一注直线,射出很远,跟另一个说:"你看!"另一个看了,一起哈哈大笑。自始至终他们都不知道彼此的名字,他们已经熟悉到不需要呼唤对方的名字就可以交流。

我站在一边，跟孩子的奶奶聊天。原来他们都是青岛本地人，祖孙两人都很开朗健谈。奶奶给我们介绍青岛的风土人情。虽然这一段旅程中我已听了不少，但我依然安静地听着，就仿佛有人热心地馈赠，无论需要不需要，都要安静地接纳。

奶奶精神非常好，问我们来自哪里。得知后，聊起当年他们去南京的情景。

那边小米玩得兴起，将鞋脱了，赤脚玩。其间一个大一点的孩子看他们玩得开心，想加入一起玩，却被两个孩子沉默地拒绝了。两个孩子也不说不和你玩儿，只是彼此交换玩具，彼此玩笑，却没有和大孩子一起玩的意思。那个大孩子顿觉无趣，很快就转移阵地了。

这个小男孩跟小米一见如故，慷慨地让小米加入他的游戏，让小米玩他的所有玩具。我们大人都觉得不可思议，但对于小米来说，却一点都不意外。

对于小孩子来说，邀请另外一个孩子加入自己的游戏，就像打开自己内心小小世界的大门，欢迎别人来做客一样。共同玩一个玩具，就表示他对小米已经完全地认同和接纳。而小米，也觉得这样完全没有不妥，认识一个人，我们彼此投缘，我们就是朋友。就像自然界的小动物一样，他们闻闻彼此的气息，看看彼此的眼睛，甚至用"触角"彼此接触一下，就知道对方是敌是友。

但是我们大人已经很久不会这么快地接纳一个朋友了。我们见面之初，总是彼此试探，彼此怀疑，不断地衡量彼此在未来人际网中的作用，从而错失了许多真正天长地久的友谊。实际上，我们已经丧失完全地敞开心胸接纳别人的能力了，我们拒绝一切缘分，却又不断地去寻找缘分。这是一种真正的无法逆转的悲哀。

到了我们快要检票入站的时间了，小米不得不跟这位不知名的小伙伴说再见。小米将小男孩的玩具洗干净后，都放在他的水桶里。我们走出了几米远，那个孩子追上来，他送给小米一个针筒，那种塑料的大针筒，小米刚才恋恋不舍地玩了很久。奶奶跟在后面解释：这针筒很干净，是我生病的时候用的，不是传染病，针头都拔掉了，是消毒杀菌过的。

小米将针筒放进他的随身小包，这个针筒带回我们家之后，小米每次玩水的时候都要拿出来，至今依然在他的玩具柜里。可惜当时我们走得匆忙，身上的行李都打了包，没有一样东西可以留给小男孩做纪念。

上了火车，我在想，为什么不让小米问问那个孩子的名字？但是转念一想，这种随遇而喜的缘分才是最珍贵的。彼此不知道名字，只记得彼此的笑容。世界太小，两个年幼的孩童在这里相遇、玩耍、对视、大笑。世界太大，今天在一起玩闹的孩童，一旦分开，就很难再相见，记得名字反而是一种累赘。如果这种毫无人世牵绊的缘分再度降临，只要一个笑容就足够让他们想起彼此，那是多么温暖的一件事。

青岛留给小米的最后一抹记忆是快乐的，带着大海的广阔气息，包容万物。

青岛的烟火味道

青岛这座城市的好处之一，就是每个人都能找到属于自己的那一份独特的青岛味道。文艺有文艺的去处，吃货有吃货的天堂。

青岛的红瓦黄墙绿树碧水之间，掩藏着数不胜数的小店。这些小店有的是卖咖啡的，有的是卖植物的，有的是卖书的，有的是易物的，有的什么都不卖，只是提供一个处所，让你毫无罪恶感地消磨时光。

因为与完全不能安静十分钟的小米同行，我不得不按捺住那一颗向往文艺的心，转身向右，寻找青岛的烟火味道。

在青岛，不得不去的是一座全国独有的海景麦当劳。

在我们日常的生活中，麦当劳是排除在我们的菜单之外的，但是小孩子好像天生对打着"禁止"标签的一切充满了好奇，所以一听说要去麦当劳，小米简直要乐坏了。那天早上出发的脚步特别轻快，一路飞奔到国贸大厦底层，结账后才发现，因为早上客流不充足，麦当劳二楼是不开的。大家都很失望，在楼下找了个位置。小米倒是不虚此行，他吃到早就盼望的炸薯饼，一副终于开戒了的模样。

最后一天，我们告别第一海滨浴场沙滩上偶遇的青岛小男孩之后，准备拿行李去火车站的时候，看到麦当劳的楼上有人，于是立刻推门进去买了几杯饮料，小米还"趁火打劫"地要了个汉堡和薯条作为午餐。这家麦当劳之所以被称为"无敌海景"，是因为其独一无二的位置。这一次我们终于看到了传说中的无敌海景。其实，从麦当劳的全景大窗看出去，与大海还隔着一条马路，并没有看到多少海景，也看不到沙滩，倒是栈桥一览无余地静静立在海上。因为毗邻火车站，楼下的马路人来车往、摊贩众多，栈桥上黑压压地挤满了人，景色并不是那么美。但是，这样一边吹着冷气一边喝着几块钱一杯的饮料，还有景色给你免费看，已是一种难得一见的奢侈了吧。在脚步再也追不上物价，连冷气都要拿钱交换的时代，有附加值赠送让人难免心生感激。当然，这只是我这样一个寻常旅人的心情。面对同样的美景，不同的人会有不同的心情。

旅行是一场带着灵魂的行走。亲子旅行对于大人来说，是一场灵魂的自我净化；对于孩子来说，是灵魂的独立、完善和成长。喜欢并且享受旅行的孩子都喜欢独立地探索，他们常常面对陌生的环境和人们，所以他们的灵魂都很敏感。因为他们必须在极短的时间内，在纷繁复杂的环境中寻找到帮助自己灵魂成长的养分。

我们在青岛城里吃过无数次的海鲜，有小餐馆里的，有特色餐馆里的，也有在水产市场买了直接拿到小餐馆代加工的。后来想起来，最令人回味的应该是云霄路上的一家叫"海岛渔村"的店。

我们是坐出租车过去的，青岛的出租车师傅都特别健谈，一听我们要去云霄路，特地建议我们去海岛渔村。我们下了车，整一条路都弥漫着海鲜的香味，小米直嚷嚷饿。一路灯火辉煌地走过去，每家店里都人满为患，桌子都摆到街面上了。青岛当地的男人都光着膀子，围着一张矮桌坐定，桌上盘子叠盘子，桌下啤酒瓶挤啤酒瓶。喝完酒就相互搀扶着，亲兄弟一样。

我们走到稍里面，才找到海岛渔村，这里人更多。不过我们去得晚，翻台也快，只等了一小会儿服务员就清理了一张桌子给我们。因为人多，桌子之间间距很近。我们的身边是一位中国人带着一对德国父子。看来外国人也爱青岛的海鲜。

海鲜是看货现点现做，绝对新鲜。三个人，点了梭蟹、大虾、海胆、墨鱼仔、蛤蜊，再加上一壶青岛啤酒。在日常的生活中，我们都是滴酒不沾的人。但突然之间，我们都想像青岛人一样豪迈地大吃海鲜痛喝啤酒了。连从来不知道酒为何物的小米也有些馋酒了，先是用筷子沾了一点，觉得味道不错，便开始用杯子喝了。一大口下去，苦涩味泛上来之后，他眉头皱紧，再也不肯喝了。这一场旅行，他收获真是满满，第一次知道了酒的味道。

也许有人会对给孩子尝酒有不同的意见。但是我想说，这个世界上，诱惑何止啤酒这么一点，太多太多了。小米长大之后，会有各种诱惑汹涌而来，我们做父母的即便将孩子关在金刚罩里也无法抵挡。所以让他们在年幼心智正在成长的阶段，适当地增加对自己心底欲望和外在诱惑的抵抗力是必需的。除了延迟满足这种方法之外，适当地使用免疫增强法也是应当的。小米看到青岛人喝啤酒，觉得啤酒很美味。当自己真的尝试，就知道啤酒并没有看起来那么好喝，甚至很苦很涩。但是在使用这种方法前，应根据具体情况，适度而为。

家庭教育的本质，其实还是来自父母本身。你以什么样的方式来带领孩子打开世界的大门，就决定了他将来是以什么样的方式与这个世界相处。相信孩子会明辨，会取舍，在该说不的时候，一定会坚定地说不。

小米现在很坚定地再也不喝任何酒和任何含酒精的饮料，也不吃酒心巧克力。

海岛渔村的菜品量其实不大，但是胜在做法地道。特别是辣炒蛤蜊，蛤蜊个个新鲜饱满。海胆蒸蛋，口感细腻。第一次在路边的餐馆吃的海胆连细沙都没洗干净，这一次终于让海胆们一雪前耻了。两个海胆，小米吃了一个半。

吃饱喝足之后，走出餐厅的时候正是青岛夜晚最迷人的时段。餐厅的暖色灯光将整条云霄路熏得柔软，柔和的夜风吹过脸颊，指甲缝里还残留着海鲜的味道。小米踩着小碎步快乐地跑在前方，背景是喧哗、热闹的人间街市。这才是青岛的味道吧，也是最朴实无华的人间烟火。

去一个地方旅行，一定要去一个当地人常去的地方，了解他们身上与众不同的气质。就像青岛这个城市一样，豪迈、爽气、热情、好客，当地人生活简单、舒缓，不争不抢，大声说话但不吵架，身材高大但不凶悍。

青岛小吃中有一种鲅鱼水饺，很受欢迎。我们常常看到路边的水饺店招牌上写着：鲅鱼水饺25元/斤。当时甚是惊讶，青岛人除了喝啤酒是论斤，连吃饺子也是论斤的吗？一直想尝试一下传说中的鲅鱼水饺，但总是在不恰当的时间遇到水饺店。

后来的一天，再看到水饺店，我们也不管是不是饭点，走进去就点了半斤鲅鱼水饺。热气蒸腾的鲅鱼水饺上桌，晶莹剔透，沾上醋汁儿，咬一口下去，鲜美、细腻，肉质还有轻微的弹牙感，连小米也吃了很多个。但细细品味起来，与我们南京的鱼肉饺子并无多大区别。后来我们才知道，吃鲅鱼水饺，夏天并不是好时候，冰冻的鲅鱼肉已经有些柴了，最美的鲜味也散掉了。每年秋冬海水冷却、鲅鱼洄游之后，割上一把韭菜，鲅鱼水饺就开始席卷青岛家家户户的餐桌了。

世间最美味的餐点，永远不在精致的餐馆酒店里，而是在小街小巷的寻常锅灶上，在妈妈亲手做的一菜一汤中。

东方夏威夷的旅居时光

海南位于中国的最南端,是中国唯一的热带海岛省份。三亚又位于海南岛的最南端,是中国最南端的热带海滨城市。相对于我国夏天热冬天冷春秋两季冷热交替的中部地区来说,三亚就是温润天气单曲循环播放的天堂。而位于三亚市东30公里之处的亚龙湾,更是被人称作"东方夏威夷"。

虽然三亚盛名在外,但是带着孩子去度假,一向不是我们的旅行方式,所以我们从没有将三亚列为我们的旅行目的地。所以以下的文字里也不会出现任何与景点相关的攻略,我所记录的只是我们作为半个亚龙湾人的某些居家片段。我们在亚龙湾完全不是旅行,而是换了一个地方,过了几天悠闲的居家日子而已,日出而作日落而息。但是就是在这些平常的日子里,我们也收获了许多意外的感动。

2013年冬,雾霾袭击了我们居住的城市,城市上空几乎见不到蓝天,阳光软绵绵地,毫无力道。朋友Rita在微博上晒出一张三亚的风景图,问我去不去,说她和一群朋友预订的酒店别墅,还空一间房。看看窗外的雾气霭霭,我转身毫不犹豫地买了两张飞往三亚凤凰机场的机票,也不在乎什么低价折扣了。

之后的经历证明:在三亚亚龙湾的那几天光阴,值得永久地留在小米记忆的底片上,让他可以时不时地拿出来晾晒,在单调而乏味的日常生活中显影出一些特别的影像来。

我们第二天一早就启程,可以说这是一场真正意义上说走就走的旅行。到达凤凰机场的时候,三亚非常豪气地给了我们一个碧透清澈的水晶天。多久没有看到这种蓝了?多久没能看到500米之外的建筑了?多久没能立刻看清50米外人的脸面轮廓了?路边俏立的秀美的椰子树仿佛迎宾一样,轻拂秀发,发出沙沙的笑声。海风带来一股清冽的气息。比天气让我们更感动的是,Rita带着司机早早就等在外面了。

汽车的前挡风玻璃一路都像在放电影一样,一幕风景如画刚结束,另一幕江山多娇就开始上演了。小米的眼睛都忙不过来,太纯的蓝色,太多的绿色,太艳的红色和黄色,除了青灰色的柏油马路,其他的一切都饱含色彩。渐渐也觉得审美疲劳起来，直到一条路旁种满了椰树的大道出现在眼前。汽车开进了挂着"亚龙湾五号"牌子的大门，再拐了两道弯，我们在一栋东南亚风格的别墅门前停下来。

屋里已经有三位小朋友在等着小米，虽是初次见面，但是一小会儿之后，都成了好朋友，玩在一起了。每个小朋友都有各自的性格和特色。绿绿古灵精怪，兜兜沉稳内敛，轩轩完全是一位小学霸。小米是调皮捣蛋型的，偶尔也会表现出乖巧的一面。因为孩子们，整个屋子里都充满了笑闹声。

我们到达的时候，其他三位小朋友正在整装待发，准备去海滩游泳。于是小米迫不及待地从行李箱里拖出游泳圈和沙滩玩具加入了他们的队伍。走出大门，横穿一条马路，再走过一条绿荫小道，大海就来到了我们的面前。小朋友们在林荫小道上已经开始激动地飞奔起来，其他小朋友都仅穿泳衣，小米还穿着衣服背着包，一副刚下飞机的模样。

孩子们飞奔的这一幕就成了我们每次下海的前奏：飞奔到海边，甩掉身上的衣服和鞋袜，带上游泳圈就跳进海浪中。直到离开的时候，小朋友们才会想起被自己随手丢掉的衣服鞋袜，于是我们每次都要一轮寻找之后才能离开。幸亏这是天域酒店和亚龙湾五号的专用沙滩，随手丢掉的衣服鞋袜总会在某个入口处找回来。

亚龙湾是一处半月形的海湾，因为受周围几座山崖的佑护，此处常年风平浪静。大海在亚龙湾这处仙境，也一改暴戾无常的脾性，无时无刻不在表现温柔多情的一面。

沙滩上人不多，微微清风，柔柔海浪。脚底沙质细腻金黄，一路铺陈到海天相接处，一切都像是油画中的模样。比基尼美女摆出各种姿势拍照，为油画的背景又增添无数亮丽的色彩。

孩子们开始了每天的游戏——与海浪嬉戏。他们不在乎姿态美不美，注意力全放在一波一波的海浪上。在海水里漂了一会儿，小朋友们上岸，将海浪想象成共同的假想敌。一波海浪来进攻了，小米和绿绿勇敢地捏起几把沙子向海浪投掷，兜兜跳起来准备踩海浪。海浪大概是胆怯了，还没有到达预定的进攻点，就刷地退了回去。三个守城的士兵却不敢放松警惕，目光炯炯地盯着伺机反扑的海浪。在海风的助推下，又一波海浪吐着泡沫，向他们脚下咆哮翻滚而来。这一次双方正面交锋了，海浪刷地冲向了他们的身体，他们抬起脚狠狠地踩下去。海浪大概是被三人小军队的气势给镇住了，仅仅打湿了他们的腿脚，之后又灰溜溜地退了回去。这一次退得更远了一些，脚下的沙滩被海浪冲刷之后光滑如镜，踩上去冰凉凉的，像踩在滑溜溜的苔藓上。

海浪大概是被三人小军队的气势给镇住了，仅仅打湿了他们的腿脚，之后又灰溜溜地退了回去

退潮了，风更强劲了一些，我不禁裹紧了身上的外套。作为大人，我们真的很佩服这些柔弱却充满活力的孩子们，只穿着小泳衣却一点儿都不怕冷，他们的身体里似乎隐藏着巨大的可以温暖整个世界的能量。大冬天，在冰天雪地里玩闹的一定是孩子们；大热天，在骄阳下骑车的也一定是孩子们。他们对善良、快乐以及所有美好的一切都敏感而先知，善于吸纳和靠近；对于冷漠、自私、丑陋的一切都视而不见、听而不闻，天然地竖起一道屏障。这种钝感力让他们在幼年时期很好地免受

负面信息的污染，所以孩子的心灵是最纯净的。在慢慢长大的过程中，这种屏障会渐渐被世俗腐蚀，钝感力会渐渐消失。终有一天，他们会像我们一样，会多疑、敏感而自私，慎独慎行，在一片雾霾的环境中，收敛自己，伪装自己，不能肆意地表达自己本原的善良、包容和爱心。而孩子们，反而可以肆意地表达自己的喜恶，喜者相亲，恶者击而退之。

天气晴朗的时候，孩子们除了玩水，还可以晒太阳、玩沙。玩沙的方式很能体现一个孩子的性格。

绿绿和兜兜两个小女生一直在一起长大，配合度很高，一个挖坑，另一个将坑壁拍实。

轩轩在一边指导：浇点水，沙就粘在一起了。但却没有人理他。

小米是三个小朋友最新认识的，刚开始无法融入，就开始搞破坏，将沙推到坑里。还是没有人注意他，于是他到海边拎了一桶水浇到坑里，沙竟然真的遇水粘到一起，坑壁紧实而不松散了。

轩轩带着一贯淡定的笑容，以老成的口吻说："我早就说了浇点水嘛！"

这一桶水将四个孩子连到一起了。孩子们开始轮流去海边拎水筑沙。虽然明明知道建筑起来的任何楼宇，都很快被海浪卷走，但是他们却认真得仿佛在建造一座永恒的城市。生命的初始，从来不缺乏热情，所以孩子们的每一分钟都过得简单而快乐。

大海本身就是一个天然的巨大藏宝箱，总是有那么一两件宝物被调皮的海浪不小心遗落到沙滩上。小米同学就很幸运地在沙滩的寻宝行动中，找到了三块珊瑚。有一块特别的珊瑚，通体蓝灰色，被摔断了外骨骼，露出宝蓝色的纹路，每一丝纹路都曾经是一条珊瑚虫。我们通常见到的珊瑚都是红色的，这块却以特别的颜色来标示它的遗世独立。珊瑚这种动物以群体性的死亡成就一种绝世的美丽，反而是我们人类，每个人都极力地想要在人世轰轰烈烈地走一遭，到最后却什么都没有留下。

嬉海、玩沙、寻宝……孩子们的生活内容丰富而多彩，我们大人也没有闲着。

假如亚龙湾五号是一座村庄，我们现在就是村里的临时居民。民以食为天，作为半个当地人，除了陪着孩子们在海滩消磨时光，我们就开始琢磨"吃"。打附近的酒店门前经过，我们目不斜视。亚龙湾五号的酒店据说菜品不错，酒店客人还可以打折，我们硬是没有动心。我们像个真正的当地人一样，琢磨着自给自足式的"吃"。

每两天我们请这栋别墅的司机兼管家黄大哥开车带我们去三亚市区的第一市场大采购。第一市场是三亚最有名的海鲜市场。许多游客到市场买海鲜，在附近找海鲜店加工，既新鲜又实惠。

海鲜市场里各种蔬菜和海鲜琳琅满目，当地人和游客混在一起，摩肩接踵。此处海鲜最大的特色是新鲜且便宜，大概可以分为虾、蟹、鱼、贝四类。大部分都是活的，威武的龙虾在氧气池子里吐出泡沫，安静的扇贝在水中摇曳裙边，还有各种不知名的小螺一只又一只地挤在一处。也有切好的三文鱼，一大块一大块地码在餐盒里的冰块中，对于爱吃刺身的人来说，真是福祉。还有各种我们叫不出名字来的鱼类，红的红得耀眼，绿的绿得鲜艳，简直令人难以想象它们被煮熟的模样。

转到蔬菜区，爱吃素的我开始激动了，这里有各种奇特的蔬菜。有一种形状特别的花椰菜，每一柱花形都很像独角兽的尖角，也像某种几何模型对称生长的集合体。问卖菜菜农，说是叫青宝塔，回来查了百科，原来人家的大名叫罗马花椰菜。这种罗马花椰菜最早被发现于意大利，是以特定指数式螺旋结构生长的，而且所有部位都是相似体，整棵花椰菜呈对称状。这种花椰菜的营养价值极高，只是不知为何，在物流如此发达的今天，竟然没有在我们的城市里发现过它们的踪影。

到了水果区，我们简直挪不开脚步了。第一是因为人太多太挤，第二是因为这里的水果不但品相好而且价格更加诱人。我们第一次很豪气地一筐一筐地买水果：椰子、莲雾、芒果、木瓜、樱桃、红毛丹……买得都停不了手。最后出来的时候，还扛了一只几十斤的超大菠萝蜜。

每次上车的时候，黄师傅看到我们这么拖箱拉框的，仿佛鱼贩子、菜贩子、水果贩子一样，表面上装得很淡定，眼底却掩不住讶然。从第一市场"拼杀"回来的我们都带着一身海腥味，脸上一副讨价还价的强势状，好不过瘾。不过我们还没有练就万花丛中过、片叶不沾身的本领，头发毛糙，衣服也皱巴巴地披在身上，再也不顾及形象了。

回到我们的临时居家，厨房立刻就热闹起来。每个人都拿出看家的本领，洗菜的、切菜的、配菜的、掌勺的，各有分工,流水线作业。一番煎炸蒸炒之后,一桌美味的大餐出炉了。绿妈最擅长茼蒿蒸饭,兜爸的红烧色香味俱全,我的清炒鲜嫩。开饭之前更热闹,四个孩子一起丢下手头的事情,争先恐后地挤在一处,一起抢一盘菜吃,吃到最后盘盘光。

每天早晨,我习惯早起,踩着一地和煦春阳,在季节的错乱中,安然走进厨房,开始淘米蒸馍。一边熬稀粥,一边欣赏窗外的浓荫繁花,耳边是小鸟的脆鸣伴奏,做一个三亚的煮妇也是一件幸福的事情。不过,最幸福的是看着孩子们吃早餐。轩轩第一天早上看到我做的早饭,他笑着淡定地说了一句不太淡定的话:"天啊!我不是在做梦吧?"这是迄今为止,我收到的对我的厨艺最含而不露的赞赏。

吃饱了之后,我们还有消食活动,骑着自行车在"村"里遛弯。一天之后,我们对村前村后的角角落落都摸得熟透。出门往右骑行,穿过一片椰林,有一大片的合欢花树,累累花朵,压低了树枝,人骑车路过都要低头。花道尽头,有一条潺潺溪流,曾经看到一国际友人弯腰曲背地在溪头钓鱼。小米观看了五分钟,也不知道是看垂钓还是看友人,最后还真让该友人钓着了一条小鱼。但小鱼太小,被放回了溪流里。看完后,小米很满意地继续坐上我的二人座自行车。"村"的东面,靠近锁着的一道木栅门边,竟然还有一座儿童乐园。乐园分成两块,一块是游戏区,一块是阅读区。小米在游戏区里荡荡秋千,滑滑滑梯,在小厨房里烧一顿树叶和泥土大餐。之后惬意地靠在室内软垫子上读几本书。书的种类很多,有绘本,也有低幼小说,还有一本精装的《小王子》。

每天例行地穿花过树、游戏阅读,再骑着自行车叮铃铃地回到"家"中,又是一轮洗手做羹汤,一起吃一顿盘盘光的快乐晚餐。晚餐之后的时光,照样不能浪费。轩轩缠着妈妈给他读一本地质绘本。绿绿继承了妈妈身上的文艺气息,吵着要去看海。夜晚的海是什么样子的呢?小米也想去看一看。

每天例行地穿花过树、游戏阅读,再骑着自行车叮铃铃地回到"家"中

我们踩着霓虹灯光,穿过马路。晚上的林荫道幽静深邃,树上垂挂着"雨"灯,千针万线地滑过,照亮了一方树叶。沙滩边的酒店每天都有烛光晚餐,餐品且不说,光是这海风、这情调,也是价值不少。要是等到夜深人静的时候来到海边,那就是另一番景象了。

人少、风大,要裹紧身上

衣。孩子们即便是在视线不良的情况下也要玩。他们玩一种抓小猪的游戏。一个人躲在沙滩上，黑乎乎的一块阴影，如果还学着呼噜几声，还真像小猪。另一个人悄悄地踮起脚，突然走过去，"嗬"地吓一下。结果两个人一起惊叫起来，闹不清到底谁惊吓了谁。

沙滩边竖着高高的木制瞭望塔，白天是救生员用的。晚上救生员下班离开，就成了孩子们的瞭望塔了。塔上的风更大，几乎要将人吹下瞭望塔去，但是孩子们紧紧地抱着木柱子，目光像垂钓的线一样能甩到很远很远，钓不到鱼，可以钓星星。晴朗的时候，一穹的星星，一个赛一个地亮。有一颗星特别亮，特别闪，挂在海天相接之处，令人怀疑是某艘船桅上挂着的一盏航向灯，或者一架低空飞行的飞机的机翼灯。那颗星的高度，让人觉得如果大海的浪头稍稍高一些，一不小心就会打湿它。但是夜越来越深，它竟然越来越亮。小米抬着他的小脑袋，安静地看着那些没有言语的星星们，仿佛在认真地阅读一本叫作《星空》的书。这一刻，调皮的他像一只安静停留在花朵上的蝴蝶一样虔诚，好像星空上写着他想要阅读的那首最美的诗句。

小王子说："我就在万千繁星的其中一颗上生活。我会站在星星上对着你微笑。当你在夜间仰望天际时，就仿佛每一颗星星都在笑……你——只有你——才能拥有会笑的星星。"

每一个人都有自己的星星，但其中的含意却因人而异。对大人而言，星星只不过是天际闪闪发光的外星球而已；孩子——只有拥有童心的孩子——才了解每一颗星星是多么与众不同。

不过，星星本身是沉默的，需要一颗真正懂得它的爱心才能唤醒它的微笑。每个已经长大或正在长大的人，你会不会在某一刻突然被孩子的天真打动，然后不再吝啬你的微笑？每一个人都拥有一个只能容下自己的小小星球，每一个人都在关心那朵只属于自己的玫瑰。"如果你爱上了一朵生长在一颗星星上的花，那么夜间，你仰望星空就感到甜蜜愉快，所有的星星上都好像开着花。"

因为小米，我爱上了每一个孩子，爱上了每一个具有童心的人。当我看着众生，每一个人都好像是新生了一样。

在我们安静的等候中，一轮明月跃出了海面，骤然之间，顿生光华。月光将天边的云朵熨得薄薄的，染得亮亮的，倒映在海面上，轻轻地荡漾着，柔柔地涌动着。

也许是因为怜惜如此美好的月色，风势渐渐地减弱了。我们随着大海叹息一般的浪声，趁着皎洁月光，抖落鞋子里的沙，打道回府。

回到"家"中，打开楼顶的天篷，让孩子们泡一个热气腾腾的星光浴。星星们仿佛也害羞了，明显没有在海边那么亮了。而孩子们经过一天的旅居时光，头一沾上枕头就呼呼大睡了。也不知道小米有没有做梦。

旅行的每天都是未知的，才能做梦。

旅行的生活很精彩，因为你不知道下一个你遇到的是什么人，会有什么样的故事发生。每时每刻，你都在制造属于自己的特别故事。

即便是人们眼中的度假胜地——亚龙湾，它在我们的旅行中也成为特别的一道风景：安静闲适，没有任何铺张浪费，也没有任何舟车劳顿，是我们从家居岁月中裁剪置换了亚龙湾背景的寻常时光。

最后一天早晨，小米早早起床，吃早餐的时候细心地留下几粒玉米。早餐后，我看到他拿着挖沙的勺子和花洒，跑到花园里的游泳池边。他很艰难地在土地上挖了几个小坑,将几粒玉米一一埋了进去,填上土,用花洒从游泳池里舀一点水洒在种了玉米的小土包上。

他抬头告诉我:"明年我们来就可以收玉米了。"

我犹豫着,最后还是决定不要告诉他:煮熟的种子是发不出芽来的,而且万物皆有时节,即便是在温暖如春的三亚,此刻时令也是冬天。更重要的是我们明年不一定会来三亚,来三亚也不一定来亚龙湾,来亚龙湾也不一定住在这里。

人世间有很多规则是很残酷的,譬如我付出了同样的努力,为什么却得不到相同的回报?仅仅因为那粒种子是煮过的,仅仅因为他将春天会发芽的种子种在了冬天,他所有的付出所有的欣喜都将付诸东流。不如在他的童年,给他一个尽可能完美的世界,虽然这个世界不一定存在。我做的所有努力,是希望能唤醒小米内心善和美的种子,让这些种子在微风吹拂下破土发芽,长成大树,庇荫他在将来会为了理想中的美好世界付出更多的努力。如果可能的话,我希望小米单纯一点,懵懂一点,不要过早变得伶俐,认为童话是骗人的,认为理想是假的,明白星星和月亮上都是瓦砾。在他不该懂得的年纪,他不需要懂得。

离别的时候，我们先乘高铁到海口，再与其他几个孩子告别，飞往自己的城市，回到自己既定的生活轨道中去。高铁的封闭车窗外，婆娑椰影朝后急速地退去，绿绿说："每一棵树都在说再见，再见，再见……"

这才是5岁孩子的语言。对于孩子来说，走过多少地方、懂得多少知识、记住多少历史不重要，重要的是天地日月给予他的一颗仁者之心。

贵胄之山村

这世上有多少人，就有多少种不同的旅行。有些人的旅行是随着人流东奔西走，日行千里，每一场风景看下来都疲惫不堪，他们目光的焦点关注的永远是埋怨和委屈。有的人热衷于消遣和享受，花最多的钱，穷奢极欲，畅游世界，最后拖着装满了奢侈品的沉重行囊归来，对路过的美好的风景却视而不见。

这是两种比较极端的旅游，不是真正意义上的旅行。真正的旅行不是我们抵达了某处，而是某处抵达了我们的内心。

旅行的目的地不一定是远方，旅行更不需要一路铺满钞票。只要有一颗宁静的心和一双发现美的眼睛，那么足迹到达之处皆是美景。不要向往远方，最美的风景往往在身边，而且都是免费的。

每年的大小黄金周，中国的旅游景点往往人满为患。这个时候，我们一般带着小米回到小米的籍贯所在地：浙江临海。

小米的爷爷奶奶因为家族历史遗留问题，是一对经历了大风大雨的老人，近年年事渐高。我们每次回去，虽然住在爷爷奶奶城里的老屋里，但总要抽空回一趟奶奶的出生地——东塍镇岭根村。

那是个群山环绕的小村落，开车要穿过无数长长的隧道和山道才能抵达。这些山洞让小米觉得新奇又恐惧，每次经过都静静地瞪大双眼。绵延无尽的隧道灯拖着长长的流光从我们的头顶一晃而过，仿佛《千与千寻》中千寻一家无意间闯入的神秘隧道。隧道中的暗景会给予孩子们充足的想象空间。宫崎骏小时候一定也走过这样的隧道，他在隧道中的想象代表了大部分孩子的内心世界。远远地隧道尽头亮了起来，小米终于舒出一口气。

与《千与千寻》不同的是，我们穿过隧道之后到达的是真正的世外桃源。

这是一座被人遗忘的古老村庄，在历史的尘埃里闪着璀璨的人文光芒，仿佛九天之外的神女，空灵飘逸，不问世外沧桑。

汽车顺着一条窄道直入山谷，左偏进入支路，我们停在一座雕梁画栋的牌坊下面，牌坊上书乾隆亲题的"升平人瑞"，牌坊背面坊悬"恩荣"和"黉序耆颐"额。这是清代王世芳老人百岁时，乾隆下旨赐建的，坊下设下马石，文武百官到此必下马步行。王世芳享年140岁，为官期间多次奉旨进京。1945年原方木圣旨坊被日军过境所焚，后新建修葺，更显辉煌。

小米的舅奶奶就住在村口，离牌坊不过百米的距离。因为地处山间，村里经济并不发达，处于自给自足的状态，只有路口两间小商店，卖些日常生活必需品。工业没有在这座小山村留下丝毫痕迹。也正因如此，村里保留了淳朴的农耕作风，保持了纯净的自然环境。

在舅奶奶家吃的饭，真正是绿色无污染。菜都是在地头上拔的，笋都是在后山挖的，板栗是在谷堆山草丛里捡的……那种食材本身的清香加上柴灶熏蒸出来的味道长久地停留在口齿间，让我们想起小时候的味道。小米的注意力不在吃上，每次一下车，他就开始在村头村尾满地乱跑。

从岭根老街顺着温州至宁波的古驿道可以走上村东的连山桥。连山桥是三眼拱形桥，整座连山桥全由大小均匀的石块垒砌而成，技艺堪称精湛；桥面铺以小而匀称的、平整精致的溪石图案。拱顶两侧的纸扇形石额上刻有"连山桥"及"民国廿五年立",是当年的北京大学校长蒋梦麟所题,其中"连山桥"三字东面阳刻、西面阴刻。蒋校长的题词为这座桥的建筑之美抹上了一层人文的光辉。桥下溪流湍湍,倒映着淡青色的桥身。经历了商贾繁华,经历了炮火硝烟,这么多年之后,连山桥依然坚固如初,站在那里,慈祥地看着带着一身城市雾霾懵然撞来的我们。

小米最喜欢的是从陡坡上跑下去,靠近清澈见底的溪水,低头找小鱼。小鱼一看到他的影子,全惊吓躲避起来。有时几群鸭子在溪涧觅食,他好奇地捡起小石头抛过去,惊得鸭子们飞散奔逃。小米为了安慰受惊的鸭子,又殷勤地捏碎了饼干喂它们。鸭子们也被大自然养得嘴刁,只喜欢溪涧的杂草和鱼苗,低头一个瞄准,抬头一尾小鱼就滑到喉咙里了。鸭子嘎嘎地叫着,炫耀自己找到了美食。

我们沿着溪边小心翼翼地朝着村中心走去,溪流中有巨大的石块,被岁月磨得光滑明亮如镜,那是当年村姑们洗衣捶被的地方。

从古驿道走入村庄,令人耳目一新的还有村头溪流上的将军亭。民国时期,小小的村落,将星璀璨,出了七位将军:王萼（曾任广州虎门要塞司令、江宁要塞司令等职，中将）、王纶（曾任国民党第一集团军参谋长、参谋本部高参、国民革命军第一厅作战厅中将厅长）、王维（王纶胞弟，曾任联勤总司令部第八医院少将院长等职）、王辅臣（曾任浙江省第六区行政督察专员兼少将防守司令）、王义斋（王纶堂兄，曾任驻北平独立旅少将旅长）、王大钧（曾任青年军中将副军长、上海市政府副秘书长）、王吉祥（曾任舟山守备区少将师长）。村中王姓名媛，遵礼守教，嫁与的夫婿，大部分都是乘龙飞凤，如王青莲的丈夫是国民党空军总司令周至柔。

在辛亥革命时期，岭根村人才辈出。名满东南的辛亥革命"旧勋"王文庆先生追随孙中山先生，开创了民主共和。光复会女将领王素常，19岁参加光复会，亲历战斗，光复南京。台州特委妇女部长王梦之，中共地下党员，历尽白色恐怖，在村中建立特委会。解放后，任南京市委组织部处长，后在国家科委等处任职。

从将军亭往左，古宅旧居毗邻相接，让人恍惚回到旧时光。牵着小米的手，我们从这一家走到那一家，有些屋宇有雨廊相连，许是那时邻里和睦无隙，大家走动频繁，连下雨落雪也要互道一声安好。现在村中很多人家依然不关门闭户。我们走进去，大家仿佛家人一样，他们的目光中并无异样，安详地做着自己的事情,烧饭整理,剥豆晒谷,连小狗都不叫,温和地在小米的脚下打圈。

王文庆故居是目前最为显赫的一座,高大的围墙,宽阔的院落,是一座双台门的深宅大院。高大的门楼上,有着著名书法家章梫题于"民国二十一年仲夏"的"居之安"。走进居之安,左边是院落绿植,几树桂花散发幽幽香气。右边是一排青砖黛瓦的老宅,岩石为基,青砖为墙,为左右对称的格局。中间的门楼上书"太原贵胄"。石雕、墙雕、窗雕虽然布满沧桑,但依稀可见当年风采。马头墙高高地伫立,蓝天白云间,墙头的小草顽强地朝向天空,迎风招展。

沿着居之安墙边的溪流一路走过去,纵横交错的古墙弄里,起伏不绝的是马头墙、石花窗、木窗棂,还有屋檐上的青苔。风呜呜地吹来,在这座古老的村庄间恒久不息地吹动着。

一座小小的山中村落,出现那么多的爱国将领,绝

纵横交错的古墙弄里,起伏不绝的是马头墙、石花窗、木窗棂

对不是偶然,是源自这里的山川毓秀,更源自当地人淳朴安详的精神。我们走在路上,碰到的人都至善可亲,即便说着我们听不懂的当地方言,但只要我们听,他们就会说下去。有些老人,穿着军绿色的胶底鞋,牙齿露风,说起国内外时政新闻却头头是道,很难想象他们一辈子都生活在这座山村里,连远门都没出过。

小米的奶奶王启植是王吉祥将军的堂侄女,近些年也很少回村。她在村里一露面,有故人闻讯赶来,握住双手就不放开。八十多岁的老人说话彼此都听不清,一路牵着手一路大声说笑,小山村就在故人旧话中打开沉静的眼帘。

小米舅奶奶的几个儿子在贵州开工厂,生意做得蛮大,偶尔节假日我们碰到一起,他们便邀我们一起上村后谷堆山拣野栗子。

从牌坊下的岭根老街一路西行,眼前一条碧玉般透彻的溪流蜿蜒而来,溪上几块青石为桥,石上停着几只红色的蜻蜓,轻薄剔透的翅膀轻轻扇动。小米为了那几只蜻蜓,差点跌入溪水中。溪水不深,清澈得连溪底石头上的苔藓都纤毫毕现。溪水触手冰凉,想必是山泉水的缘故。

踩着青石,越过溪流,站在一条田埂上。近处水稻刚刚灌浆,满目金黄。极目望去,岭根村真是群山环抱,千嶂叠翠,村东村西虎山对峙,眈眈雄踞。周边九条山冈似龙脉逶迤,村人谓之"九龙舞翠",拱卫着古村。里王溪、山皇溪、法洪溪,从不同方向潺潺流来,山色空蒙,水光潋滟,三水夹金,汇聚注入村东的沙冻潭,成为牛头山水库的源头支脉。这就形成了二虎峙卫、九龙舞翠、三水夹金的极好山水格局。

我们沿着狭窄的山路上山,一路随处可见沿着山坡开垦出来的茶园、红薯地、地瓜地。舅奶奶家的老三,轻车熟路地领路,指给我们看哪一块是他曾经耕种过的地,地边的野柿子树苗是他去年才种下去的,已经有一树青黄的柿子,压垂了枝丫。在路过自家的地瓜地时,他用镰刀轻巧地一翻,就翻出几只新长的地瓜。山上的地瓜果然不同,剥了皮,一口咬下去,水生生,甜丝丝,不输任何水果。小

里王溪、山皇溪、法洪溪,从不同方向潺潺流来,汇聚注入村东的沙冻潭,成为牛头山水库的源头支脉

米啃得汁液都要滴下嘴角了。摘下来的野柿子跟栗子差不多大小，萌萌的，让人不忍下口。

一路上我们又顺手摘了些野菜。路上碰到已经捡拾了满满一袋野栗子下山的小孩子，都是半大的小子，带着野气一路啸叫着从我们身边穿过去。每个孩子都穿着普通，甚至有些邋遢，但笑容却干净明亮，幸福指数满满的。

到达半山腰，到处可见栗子树。高大的栗子树，枝密叶茂，成熟的栗子会自己落下来，树下每天都有丰盛的藏品，等着孩子们去寻宝。大的栗子都藏在草层中，有的已经褪去刺猬一样的外衣，露出褐红色的外壳。没有褪去外衣的，只要将它放在地上，用脚尖轻轻地一碾，即可拣出一粒饱满的栗子来。剥开外壳，撕去内皮，直接丢到嘴里，咯嘣脆，粉糯甜。

也不知道今天里，我们是第几批来扫荡谷堆山的，但谷堆山让每个亲近它的人都不会空手而归。我们除了脚印什么都没有留下，谷堆山却慷慨地让我们满载而归。我们的裤兜里都塞满了野栗子，手中再抓着一把野柿子，篮子里躺着新鲜的野菜，肚子里装满了野食。小米看到路边的鲜艳野果子，定住脚摘了几枝，说要去喂小溪边的蜻蜓。

我们下山，绕过一条条迷宫一样的田埂，在溪头洗手洗脚洗脸。山泉水随手可以捧起一捧解渴。远处的田间有三两农人正在侍弄水稻，一切是那么平静和祥和。时光在这里也变得极其缓慢，世风还没有来得及从山外吹进来。我甚至很欣慰这里的政府还没有开始开发旅游资源，而我们的到来也没有打扰到这里的一草一木。在这里，我们不是路过，我们是归家。我们不是纯粹为躲避人满为患的外界，我们千里迢迢地奔来，只为在这个小小的瞬间，被束缚的那个自我得到释放，只为有那么一刻，我们从身体到心灵都得到一次彻底的荡涤。

我们看到的、听到的、触摸到的、感受到的都是自然给予我们的美好。日出日落、穿梭其中的动物们、野菜野果、灌木植物、森林溪流……没有修饰，却色彩艳丽；没有雕琢，却浑然天成；没有特效剪辑，却触手可及。小米需要了解真实的自然，这是我们人类的缘起，最美的都是自然给予我们的。

我甚至感觉得到小米已经融入这里的山山水水，他的小脚泡过了溪水，正在田埂上低头一步步地印着自己的脚印。他只有灌浆的水稻那么高，一颗小脑袋在田间忽隐忽现，他小小的灵魂是不是在这一刻急速地灌浆拔节？我们每个人都该有一份属于自己的独特记忆，并且这份记忆应长久到足以不朽于时间的洪流。我并不知道古村中斑驳迷离的老街、山上孩子们满足的笑声以及美到仿佛不真实的山水画卷,有没有在小米的记忆中留下一些印记,让他在面对外面的那个世界时,带有更多美好的情感和足够坚强的勇气。

次年一月份,我与小米在三亚亚龙湾住了一周。亚龙湾与浙江深山里的这座小山村完全是天壤之别。

亚龙湾有成熟的商业配套设施,吃饭有饭店,购物有超市,在酒店的露天浴缸泡星光浴,到海边感受海水和海风,惬意自在,但是自然却被阻隔在千山万水之外。在那种地方,小孩子也很容易被光彩迷离的表象迷惑。每次路过灯光通明的商业街,橱窗里的食物、诱人的人工香精的气息,连大人也难以抵抗。小米总是对着冰激凌橱窗流口水。

此时此刻,从谷堆山满载而归的小米,一路发出各种怪声,我能肯定的是,他是快乐的。这种快乐不是来自城里高科技的玩具和现代化的感官刺激,而是从心间自然流淌出来的。每个人心中都有座谷堆山,它不是安身的归宿,而是灵魂的故乡。它总在那里,无私地给予你快乐、勇气和坚强,却从不索求什么。

回到舅奶奶家,中午的大餐自然少不了野栗子烧土鸡、炒野菜，小米吃得津津有味。吃饭的时候，还想分辨哪一颗板栗是他捡到的，哪一棵野菜是他摘的。付出辛苦劳动后的品尝，更加耐人寻味。

每次我们在奶奶老家都是饱览美景，熏染人文，大啖野菜，临走还要再带上满满一罐的桂花蜜。这是老家的特色之一，满村的桂花树，一到秋天从村头香到村尾，尤以金桂为佳。老人们收集盛开的桂花，用细砂糖一层一层地腌渍，越陈越香。

我们回到城市之后，桂花蜜可泡茶亦可佐餐，染香我们平庸的城市生活，历时一年之久。

酸辣海上繁花

小米第一次有些"奢侈"的旅行目的地是上海。

上海是一座离南京最近的大都市。在上海工作的小姨多次邀请，没有出过远门的小米也一直念叨要去看小姨。上海对于他来说，是第一个神往的胜地。

抵不过小姨的盛情邀请，也抵不住小米向往的小眼神儿，想一想，南京与上海不过是两个小时的车程，于是那年盛夏的某天，我们乘高铁直达上海。

上海对于我并不是个陌生的地方，以前因为工作的缘故我频繁往返于上海和南京两地。我印象中的上海，是一个上紧了发条的闹钟，连秒钟的滴答脚步声都比别的城市快了小半拍。这一次，以旅人的身份来到上海，发现上海在繁华的底子里，泛起了一些岁月的无言心酸。

当天我们去外滩看夜景。上海人很豪爽地将当年的十里洋场——南京路让给了外地人，而外滩也大有被游客完全攻占的趋势。我们在外滩走一走，身边走动的人流的口音真正是五湖四海的都有。夜色里吹着江风，到处都是霓虹光影，让人分不清老上海引以为豪的老建筑群。只有东方明珠塔如浴火的凤凰一样一飞冲天，倒是好认。

小米第一次完全地投身于一处陌生的环境，一分钟的茫然过去之后，立刻被广场上叫卖的生意人给吸引住了。小孩子不懂什么历史和底蕴，他眼中只有那些闪闪发亮的夜光玩具，他追着一枝竹蜻蜓飞奔。突然他停住了脚步，我走过去，那边坐着一个比他高一丁点的小女孩，守着一只大号纸箱，里面插满了各种荧光棒。小女孩大概不懂得如何叫卖和展示，自己安静地玩着一支红色星星荧光棒，感觉到小米在看她，羞涩地抬头看一眼又低头自顾自地玩。

小米在她的面前站了几分钟之久，买卖双方都不知道该如何开口。一位中年妇女匆匆地赶过来，歉疚地朝我们笑，用上海腔调的普通话说："侬好，去上了趟厕所，让丫头帮我看着摊子的。你们要买荧光棒吗？很亮的，可以亮好久的。小弟弟，你想要哪一个？"

小米指指小女孩手中的星星荧光棒。

我跟她们母女点头致谢，准备牵着小米离开。小孩子都有独占的心理，被别人玩具吸引很正常，但是绝对不能养成小米想要什么就能得到什么的习惯。这正是一次延迟满足的极好机会。

但那位妇女一边追过来，一边苦情告白：她是上海某个老国有单位的下岗职工，老公身体不太好，经济吃紧，不得不带着5岁的女儿出来讨生活。

小米听不懂那番话，他只是一直回头看那个小姐姐。小女孩呆呆地看着我们离去，被妈妈在后脑勺重重拍了一下："还不快去做生意呐！"小女孩条件反射地跳起来，冲到小米身边，将手中的荧光棒塞到小米手中。面对这样一张稚嫩而紧张的脸，我竟然说不出拒绝的话。她的妈妈在后面说："十块钱！"

我掏出十块钱给小米，小米将钱递给小女孩，小女孩竟然很熟练地抬起手来将钱对着光亮处照一照，确认无误之后跑回去，将钱递给自己的妈妈。妈妈见一单生意成交，笑容立刻就收敛了，冷冷地跟小女孩说："再拿几个去找小孩子卖！"

我心里一紧，连忙带着小米离开了。

自始至终，小米以为自己买到的不过是一支荧光棒。他尚不知道岁月的苦涩滋味。看小女孩母亲的衣着打扮，并不是无以为继的样子，也许利用小女孩的稚嫩和单纯来唤起游客的同情心，也是一种成功的营销手段吧。但是小女孩在拿到钱的同时，她的心底失去了什么？而她失去的那一部分，是多少金钱都买不回来的。

自始至终，小米以为自己买到的不过是一支荧光棒，他尚不知道岁月的苦涩滋味

我们只是二线城市里普通的家庭，也许经济实力还比不过一线城市的底层家庭，但是我尽量在小米的童年，让他对金钱的理解单纯一些，再单纯一些。他会做家务赚取硬币，一块钱

一块钱地放入存钱罐里。在某个时刻，譬如好朋友过生日，譬如妈妈过生日，小心翼翼地掏出钱来，买一个小小的聊表心意的礼物。

又三年过去了，我和小米一路节约，又去过了很多地方。一次在上海转机，我又想起那个5岁的小女孩。她应该有8岁，是小学生了，小米一定也不怎么记得她了，而我希望她的身影早已经消失在上海外滩那个流光溢彩的世界中。

半夜的时候，下了好大一场雨，将上海整个城市洗涤干净。早上起床，我们沿着湿漉漉却干净无比的街道走过去，寻找可以吃早餐的地方。夜晚的霓虹灯刚刚熄灭，酒吧的卷帘门上画着涂鸦作品，仿佛没来得及卸妆就沉沉睡去的小妹，连小米调皮的脚步声也惊醒不了她们。

小姨住的地方是浦东新区，沿路有许多家高档楼盘。我们走过一圈鎏金的围栏，在一幢气派的大门前看到一群人围着年幼的三兄妹，没有父母陪同。三兄妹长着标准外国人的蓝眼白肤，神情淡定，却说着一口流利的中文。他们在不断地吆喝，面前的摊子上摆着各种小玩偶、卡片、书籍，标价1~10元。小米看中了一只小小的滑板米奇，我拿来一看，是麦当劳儿童套餐的赠品，他们的标价是1元，内心感叹这三个孩子可真会赚钱。哥哥开始卖力地推销这只滑板米奇，说了足足几分钟，光是溢美之词就不止1元，我只好掏出一元硬币让小米买下了。

在哥哥推销的时候，妹妹也不闲着，用自己的小自行车从家中又运载了一些小东西摆在摊子上。因为孩子们都是用中文交流，我判断不了他们来自哪个国家，但是他们专注而认真的神情让我想起了一篇犹太母亲写的文章。在这篇文章中，她从犹太家庭和中国家庭对孩子的金钱观教育阐述三个孩子在以色列和中国不同的成长经历，令人撼然。犹太人不止在经济上令人难望其项背，在科学艺术文化领域同样取得辉煌的成就。这些成就的取得靠的绝不是比其他民族高出10%～20%的智商，而是决不依附的独立精神，这种独立首先从经济独立开始。

犹太家庭的教育从来不避讳金钱这个词，而中国的妈妈总是让孩子的成长隔离在金钱之外，几乎是两耳不闻金钱事，一心只读圣贤书。我认识一位上海精英式妈妈，她就坚定地认为家长和孩子彼此之间都有义务相互奉献，无关金钱。在孩子年幼的时候，她无私地奉献一切给孩子，铺最好的道路等着孩子去走；等孩子长大了成为富翁之后，再来奉养她。她激烈地斥责孩子幼年期的有偿劳动，认为那会勾起孩子对金钱的欲望。说到底，这位精英式妈妈的观念是真正的需索等值交换，换句中国的老话就是"养儿防老"。我发觉很多中国父母都活在这种矛盾心态中，既希望自己的孩子将来能成为有钱人，却又害怕孩子过早地沉迷于金钱。

这种担心也不是空穴来风。犹太人对金钱的追逐，坦荡又有原则，这一切都基于他们的良好品德教育、对知识文化的尊重以及淳朴的社会环境。而我们无论怎么在孩子们面前屏蔽"金钱"这两个字，总有一天这个词会以另外一种形式出现在他们面前。为什么我们出门坐经济舱，别人乘商务舱？为什么别人家开百万豪车，我们只能乘公交和地铁？为什么别人可以花钱上国外名牌大学，而我必须辛苦考试？对金钱一无所知的孩子，因为突然而至的巨大落差，心里会产生裂纹，甚至崩而溃之。

尽早让孩子参与有偿劳动，知道付出与收获的关系，他们就会慢慢地摆正自己在金钱面前的位置。

我们转身离开的时候，看到热闹的兄妹小集市已经引起了城管的注意，就忍不住停下看了一会热闹。面对威风凛凛的穿着制服的中国城管队员，小妹妹躲到了哥哥后面。二哥及时地挺身而出："我们是外国人，这是二手买卖，你们中国的法律不能干涉我们。"周围正在交易的人们也在七嘴八舌地帮兄妹求情，城管最后还是妥协了："卖完了赶快回家！"

自始至终，我们都没有看到三兄妹的父母。在孩子们的一切行动中，他们的父母或者无意或者故意地缺席了。

三岁的小米已经开始分得清一元硬币和一百元纸币的区别。对于他来说，一元硬币可以买到一个滑板米奇，一百元纸币什么都买不到。所以一元硬币对于他来说是更有价值的。吃饭之前，他帮妈妈摆了一次碗筷，可以获得一块钱硬币，这是了不得的事情。一块钱硬币又帮他买到了一个滑板米奇。硬币在他和滑板米奇之间建立起了一架神奇的桥梁，他通过这架桥梁达到自己的目的，这就是他眼中的金钱，付出才有收获，一

吃饭之前，他帮妈妈摆了一次碗筷，可以获得一块钱硬币，这是了不得的事情

点儿也不复杂，一点儿也不肮脏。

金钱从来都不肮脏，肮脏的是对待它的人。

上海从来都是个纸醉金迷的城市，很多人在这座城市里迷失，也有很多人在这座城市里找到自己想要到达的彼岸。

我们在长风公园的亭子里休息，流浪歌手携着吉他在园子里练歌，老人听着流行歌曲一板一眼地打太极拳。一个跟小米差不多年纪的小孩子在打泡泡枪，小米和另外一个孩子马上被吸引了过去。三个孩子在凉亭里追逐泡泡，本来没有颜色的泡泡，在光线的折射下色彩缤纷，梦幻一样。泡泡本身就是梦幻，因为它在孩子们刚刚触及它的时候，就砰地消失了。没有人能抓住一只泡泡，就好像没有人能够抓住梦幻一样。但是梦想不一样。小米最新的梦想是存足够的钱，在妈妈的生日那天，买一个7块钱的蛋形蜡烛作为礼物。后来我忘记了自己的生日，令他非常失望。那个没能送出的蛋形蜡烛，却已经点燃在我的心底，不灭不熄，是我在生活中勇往直前的永久动力。

旅行就是我们母子之间一场接一场的梦想，它不但是有颜色的，而且是有温度的，并且可触可摸。我们在不同的时间节点和经纬度上，碰到不同地域、不同信仰、不同文化、不同风俗、不同生活状态下的人们，知晓生命各种可能的形态，这样的认知让我们不停地完善内在的自我。

这一路，不止小米在慢慢地成长，我也变得更从容，能坦然地面对自己，面对生活中扑面而来的一切。

记忆中的绿皮火车

南京南站,为京沪高速铁路五大始发站之一,是华东地区最大的交通枢纽。我们曾无数次因赶时间而在它漫长的通道上狂奔疾行;它的通透明亮又阔大无比的候车大厅,曾让小米兴奋惊喜,因为他可以趁着短暂的排队检票时间,在水磨地面上玩滑行游戏,他的很多条长裤就是在这样的滑行游戏中阵亡的。

南京南站的人群川流不息,有戴着耳机听音乐的学生,有赶着出差的商务人士,有相伴出游的老人,有观光的外国友人,也有如我一样携带孩子的年轻母亲……高铁因为它的快捷、四通八达以及较高的安全系数,吸纳了几乎所有可能在旅途中遇见的人。人们的脚步加快了之后,就再也慢不下来了。高铁与动车已在人们的铁路出行中扮演主要角色,绿皮火车已逐渐地淡出人们的视野。

离南京南站不远处，有一座古旧但整洁的城南车站。乌黑的铁轨在晨曦中闪着清冷的辉光，昨日热闹非常的车站门前，现今门可罗雀，当年拥挤不堪的车厢现今空无一人。这座车站，每天只有一趟7102班次的绿皮火车出发，从南京城南到南京西站。也只有在这一个班次的车上，我们才听到属于过去年代的哐当哐当的车轨声，才能坐一坐软乎乎的人造皮革座椅，才能兜头兜脸地灌一身清风，才能回到过去。记得旧时，每天放学等在铁路口，看火车像一道绿色的大风呼啸而过，听扳道工人当当当敲起通行的铃铛，我们总是迫不及待地尖叫着穿过徐徐升起的道口横档。

绿皮火车来自未知，又驶向未知，对于我们来说，它就是一个绿色的梦想。缓缓转动的车轮敲击着铁轨，让每一节绿色车厢都盛满了沉甸甸的故事。很多年后，我们终于实现了梦想，我们背着旧包裹，北上或者南下求学，我们把座位让给那些疲惫的担着鸡鸭鹅的农民伯伯。我们站在狭窄的过道里，羡慕头等座里那一个个拉门关起来的包厢。很多年后，我们又实现了自己的梦想，我们坐在高铁的头等座里，看着视频电视，享受着列车服务员优质的服务。高铁轻灵无声，几乎感觉不到速度的存在。车厢里有空调，不需开窗。一人一座，不会拥挤。但是，我们再也回不去了。我们听不到时间的声音，我们看不到无边的风景，我们闻不到别人的气息，我们把自己困在自己的身体里，无处突围。

小米这一代孩子，他们几乎是跟着高铁一起诞生的。他们成长的时候，高速铁路的发展也日新月异。绿皮火车对于他们来说，是个陌生的被时代抛弃的事物，而对于他们的父母——我们来说，绿皮火车承载的记忆太过沉重。

很多时候，我不知道该不该让他去体会。又或者说，对于他来说，绿皮火车会不会只是一件不太有意义的大玩具？又或者像他参观过的无数军事博物馆里的大轮船、大坦克、大飞机一样，只是历史的一部分？玩具太肤浅，历史又太深刻。

但最后，小米还是被带到了绿皮火车面前，在他三岁的时候。

小米拿着一张1.5元的儿童车票，很茫然地站在一堆无法移动的废墟前面。光线从他身后漫射过来，毛衣的白领子上还留着午饭时的印迹，他并不清楚接下来要发生什么事情。

当哐当哐当的声音传来，他好奇地朝声音的来向望去。一列被风霜侵蚀成墨绿色的火车缓缓地驶进了他的视野。他伸出手指："快看！火车！"当他看清灰头土脸的火车竟然朝他的方向驶来,他后退了几步。等他发现火车上坐了人时,立刻开心地大笑起来,得意至极。他知道,有人的地方就是安全的。人可以乘坐的东西,一定就是可以驾驭的。

我们生存在这世上,安全系数是首先要考虑的,舒适、便宜、方便、快捷跟安全比起来统统必须让路。这也是我们选择坐高铁而不是飞机和大巴车的原因。在小米很小的时候,我就告诉小米,一定要保证自己的安全,过马路一定要牵着妈妈的手。有人的地方,相对安全,大部分的普通人不会随意伤害别人。如果觉得某个人很危险,尽量往人多的地方隐藏或者寻求帮助。

检票上车,透过被铁锈侵蚀的台阶能看到地面,大人看着都觉得眩晕。小米踩上这样的台阶时很是犹豫,但看到大人跨上去,他也勇敢地迈开小腿,可惜腿太短了,一级台阶都够不着,被好心的列车员整个拎了上去。几乎不用对号入座,稀稀落落的几个旅客看起来也只是来一场说走就走的历史体验之旅。大家的神情都很随意而悠闲,跟南京南站里匆匆奔走赶高铁的人群完全不同。列车员一上车就消失不见,少了"瓜子花生茶"的叫卖声,气氛就寡淡了许多。

"呜——"拉长了音调的鸣笛声,终于让小米知道为什么每次玩小火车的游戏,出发之前都要嘟嘴"鸣"地叫一声。我告诉他,鸣笛的作用有两种:第一,提醒列车里的人和车站工作人员:我要开始跑啦;第二,就像小马驹赛跑之前,骄傲地扬蹄嘶叫一样,这是在告诉其他小火车:我是最棒的!

小米问:"就跟托马斯一样,告诉别的小火车,我跑得又快又好?"

我点点头。

"那为什么我没有看到其他的小火车?就是培西它们。它们都到哪里去了?"

我当然不能回答说,这里不是多多岛,所有的小火车都被淘汰了。我想了想,告诉他:"它们都升级了。"

"升级成什么了?"

"高铁啊。"

"哦。"

他不再追问,我则松了一口气。回答一个孩子的问题,有时并不亚于论文答辩,容不得半点含糊和应付。他们追根究底的精神和锲而不舍的态度,让父母不但要上知天文地理下懂人情百态,还要有随机应变、由此及彼的应变技巧。

小米坐在靠窗的位置上,跟从前坐车一样又闹又跳。火车缓缓地驶出了中华门,迎面从窗口灌进清凉的风,吹走几许午后的闷热。小米的额发被吹拂起来,露出突出的额头和脸颊上的三颗痘痘。不知道什么时候,他安静下来,看着窗外,成熟内敛得像一个饱经沧桑的大人。窗外并没有什么特别的风景,也许是那

窗外并没有什么特别的风景,也许是那阵风太过温柔,也许是火车行驶的声音的频率击中了他的心灵

阵风太过温柔，也许是火车行驶的声音的频率击中了他的心灵，也许此刻车厢里不同寻常的静谧，让他回到了我年幼时的心境，那样简单的凝望，没有明确的视点，也没有明确的目的，就那样安静地待着，就足够了。

让小米重新活跃起来的是车窗外的一群孩子。看起来他们是无意间路过此地的，他们站在山坡上，背着书包，静静地矗立，呆呆地看着火车。他们有着我们平常看到的被学习压力压迫得喘不过气来的孩子的面容，以及被大人反复教导的面对陌生人戒备冷漠的态度。

小米向他们友好地挥挥小手，孩子们相互对视几眼，显然在这之前，他们没有见过这种随意的陌生的转瞬即逝的友谊。一个非常小的，可能也在幼儿园阶段的孩子怯怯地在身侧掩藏着自己的小手，也朝小米挥动了几下。于是小米挥动得更起劲了。那个大孩子不太好意思地伸出手意思意思地挥了几下，这个带有鼓励、示范意味的动作很快在孩子们中间起了作用，所有的孩子都伸出双手挥动起来。看到这，小米激动得站在座位上手舞足蹈。那些孩子在山坡上挥手跳跃着，本该属于他们的笑容又回到了他们的脸上，灿烂地盛开着。

很快，那些孩子从我们的车窗前消失了。但是令人惊奇的是，在我们的车厢里，所有的人都在朝车窗外挥手。每个人都把那些孩子的挥手对象当成了自己，于是那些孩子得到了更多更热烈的回应。这让他们始终保持着最美丽的笑容，挥动着自己的小手，直到我们这趟火车从他们的视野中消失。而那一刻留下的美好心情将会持续很久很久，甚至感知陌生人友好和快乐的心态会伴随他们，长至一生。

时光穿梭，小米成为当初那辆自我眼前呼啸而过的绿色火车的一部分，成为那道人生绿风的一部分，让在都市里浮躁的我安静下来，让整列火车上的人快乐起来。也许这才是这趟旅行的全部意义。

我们在讨论一趟旅行能带给孩子们什么的时候，却没有想到，每一趟出行，其实我们的收获并不比孩子们少。在培育孩子的过程中，我们不仅仅在付出，也在得到。有的时候，我们得到的比付出的要多得多。

列车减速，驶进了南京站。这里与城南车站完全不同，有高大错落的顶棚、清晰明亮的电子指示牌。一辆高铁仿佛一颗呼啸的子弹穿射而过，另一辆高铁正在减速驶进站台。我们的绿皮火车拖着长长的汽笛，伴随着哐当哐当的声音，仿佛老太太蹒跚着脚步，从时髦的年轻人身边走过。高铁车厢里的许多人好奇地贴着车厢的玻璃窗朝我们看来，有人举起手中的手机拍照。我们把手伸出车窗，感受迎面的微风。小米依然向人们挥动他的小手，他语言能力还不足以表达他的情感，大部分靠肢体语言。但是对面的人没空理会他的示好，所有人眼睁睁地看着小米和我们伸出窗外的手臂，羡慕得几乎要滴下泪来。我们的车轮驶出高铁羡慕的眼帘，在这里错肩而过的不止是历史和今天，还有孩童天性里的纯真和大人习惯性的冷淡。

一小时四十分钟之后，火车驶进终点站——南京西站，斑驳的站牌，显示这个车站也即将被弃用。南京西站始建于1908年，建筑大部分带有民国时期的影子，墙壁上有20世纪70年代的痕迹，正楷书写的"旅客须知"，仿佛张艺谋电影里的某个场景，充满了历史的厚重感。昔日人流如织的交通枢纽，如今荒凉清冷，这也是历史的必然。

历史的灰飞烟灭中，一些事物渐渐老去，甚至消失，另一些新生事物会生根发芽，成长壮大。就像我的脚步有一天会滞重而蹒跚，但我身旁这双稚嫩双脚，今天还迈不上绿皮火车的台阶，但假以时日，却会健步如飞。我很坚定地相信，小米这一代人的脚步，会比我们走得更稳健、更成熟、更理性、更扎实。

下了火车，小米还饶有兴趣地观看了车头与车身分离的整个过程，因为对小火车头托马斯的迷恋，是他同意来坐绿皮火车的最主要动因。最终我无奈地发现，对于孩子来说，深刻的历史还不如肤浅的玩具来得真实而亲近。因为这才是他们能够理解并且接受的世界。有一天，当我们自己本身也成为历史的一部分，长大的他们会不会借助一个足以承载记忆的物件，来缅怀和纪念？

回头望向空荡荡的轨道，载我们来往历史的绿皮火车已然消失不见，记忆却长存在小米的脑海里。我们两代人的这一次回望、这一个回眸，对于高速稳健发展的城市生活而言，不过是在湖面投下的一粒小石子，打破的是平静，打不破的是平衡。无论我们舍得舍不得，愿意不愿意，绿皮火车终归要退隐到历史的阴影中去，而高铁也一定会继续发展，走向未来。

我的大手牵着小米的小手，走出西站的老式木框大门。正是秋爽好天气，一地的悬铃木枯叶落在青砖地面上，没人清扫，踩上去沙沙作响，这未尝不是一种难得一遇的美好体验。

香港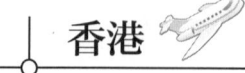

香江小邮轮

2011年,小米已经三岁多了,正在逐步地摆脱奶瓶,所以我们去香港并不是为了买奶粉,更不是冲着香港满街的免税奢侈品去的。一身轻松地抵港,只为让小米知道,在这个世界上,有个地方,这个地方的人说中国话,写繁体汉字,长着中国人的面孔。那个地方叫作香港,是中国的一部分,永远跟我们血脉相连。

我们一行有三个小朋友,一个小女生和两个小男生,因为一路有伴儿,一路都是欢笑声,偶尔有小朋友之间的小争吵、小嫌隙和小竞争,也很快就烟消云散。后来看《爸爸去哪儿》,小米歪着小脑袋说:"去香港的时候,我们不就是《妈妈去哪儿》了?"因为我们是三个妈妈带着萌宝出行,一路上的笑点真是不少,当然我们妈妈也有累瘫的时候。

带着孩子的旅行永远不会是完美的，永远不能按照攻略计划严格地进行，因为孩子们总是会出现饿了渴了困了要上厕所了，甚至是心情不好了，我就是不想走了这样意想不到的突发状况。一个孩子出现状况也就罢了，三个孩子轮流出现状况，凑在一起就够热闹了。

幸亏我们三个妈妈够强大。更强大的是孩子们，才会让我们这次香港之行有惊无险、有乐有趣，每个人都收获颇丰，不止物质上的，更多的是精神上的。

我们乘坐港龙航班直抵赤蜡角机场，从机场出来的时候，小朋友们一一脱下了厚重的棉衣，换上了轻薄的春秋衣衫，个个都一身轻松，像要出笼的鸟儿一样，按捺不住了。只是寻找出租车站费了些功夫。香港的出租车很少有招手即停的，都有专门的出租车站，因为人多，哪一个出租车站都排着长长的队伍。领着三个叽叽喳喳的孩子，仿佛带着三只小麻雀，直到坐上出租车，终于将三只小麻雀和行李关到了两辆明黄色的出租车里。

香港迎接我们的是灿烂的阳光，路边斜斜伸出花开正好的软枝黄蝉和洋紫荆，仿佛无数双热烈欢迎的手。空旷的大屿山公路绵延无尽，这与我们想象中的香港人满为患的场景完全不同。途经8号过海干线，码头上整齐码放着各种颜色的货柜，货轮你来我往，将这些货柜运往世界各地，或者将各种货柜从世界各地汇集到此。海上贸易带动了人类的文明，也造就了今日香港的发展和繁华。此刻，我们正朝着香港最繁华的中环行驶。

我们的酒店在中环的一条小街道里。房间的对面就是居民楼，对面人家窗户皆是紧闭，近在咫尺，却不闻人声。

放下行李，小朋友就要下楼去撒野了。出了路口，时值岁末，又是中环最繁华的街道，到处都是松果彩球和圣诞红的装饰，节日的气氛迅速地感染了孩子们，他们的情绪更是高涨。我们走下一条地下甬道，是一家商场的入口，孩子们一股脑地跑去看圣诞树了。小米站住，细细地研究一处场景纸雕，连我也不禁赞叹艺术家的手工，狮子造型的餐桌上，一盘一碟一刀一叉都栩栩如生，如果有凳子，人们都要坐下来用餐了。

孩子们都嚷着饿了。我们在香港用的第一餐，是在该商场的一家餐厅里。每人港币三十多元，真的不算贵。我们平常的饮食一贯清淡，少油少盐，小米更是特别适应香港人的饮食口味，最钟爱鲜虾云吞。

饭后,我们乘巴士到金紫荆广场。小米懵懂地在金紫荆花下面,抬头仰望。夜光替金紫荆永远展开的金色花瓣披上了一层朦胧的光晕,辉光漫射。我记得在1997年的电视画面上,当金紫荆花第一次盛开在金紫荆广场上时,周围挤满了热烈庆祝的香港市民。大家都用孩子回到了妈妈的怀抱来形容"香港回归"这一世纪盛事。

斗转星移,2011年12月12日的今夜,金紫荆依然盛开,香港依然繁荣。当然,十几年的回归时光总会留下一些印迹,譬如今天的香港和大陆之间的交流和往来更频繁。我们只要办理一张通行证、买上一张机票就可以带着小米来到此处感受一番,这是在二十世纪八九十年代,我们父母那一代人想都不敢去想的事情。

金紫荆广场上除了来散步的香港市民,也有许多说着普通话的大陆人。一群老人在导游的招呼下,正围在香港回归纪念碑下,有人甚至掏出了老花镜仔细地阅读条文。小米过去晃了一圈,不认识字,了无兴趣地回来了。六七十岁的老人经历了很多,对国家民族的感情令我们肃然起敬。小米要长到多大才懂得有一种情感叫作"家国情怀"?

一阵海风随着远处的琉璃光影吹拂过来,孩子们听到了鸣鸣的汽笛声，一起朝着维多利亚港口跑去。维多利亚港口位于维多利亚海峡近岸，港区海底多为岩石星底，泥沙少，航道无淤积，港区水域辽阔，视野无碍，为观赏香港都市风景的佳处。维多利亚港内有三个海湾和两个避风塘能躲风避浪。由于九龙半岛向南伸入海中，消减了风浪，使港区相对平静，所以近些年这里成为香港一处有名的观景游览胜地。《国家地理旅游》杂志将"天星小轮"列为人生五十个必达景点之一。

小米挤在港口人群中，港口旁人更多，但是只要一眼望出去，一切喧闹和繁杂都成为背景。眼前仿佛一张大幕突然拉开，一个多彩梦幻的世界突然出现在我们面前。整个维多利亚

整个维多利亚港就是一座完美舞台，这里有美到令人目不暇接的灯光，不是一人之力，而是香港人同心共力的杰作

港就是一座完美舞台,这里有美到令人目不暇接的灯光,不是一人之力,而是香港人同心共力的杰作。连小米这样永远安静不了的孩子,也安静下来,随着人流静静地站着排队。

我们排队的目的是乘坐天星小轮。在1880年,一位外国人Dora创办了天星小轮的前身——九龙渡海小轮公司,开展载客渡轮服务,并以一艘名为"晓星"的蒸汽船来往尖沙咀与中环。

1898年九龙仓集团收购九龙渡海小轮公司,并于1898年5月正式成立天星小轮公司。当时新公司辖下船队的船名均包含了"星"这个字。

1904年,天星小轮在当时九龙角兴建新的天星码头,码头于1906年4月落成。1916年,邻近尖沙咀天星码头的尖沙咀火车站落成,使小轮的乘客量大幅上升。

20世纪20年代陆续增加双层小轮船。1933年,天星小轮取得来往尖沙咀至中环航线的专营权。同年,引入第一艘柴油内燃机轮船,船名电星。

1941年,日本进攻香港,天星小轮不惧炮火,维持渡轮服务,疏散九龙半岛的难民及军队。随后,天星小轮的服务被迫停止了三年零八个月,是成立以来最长时期的停顿。战争期间,共有5艘天星小轮在战火中损失了。至1949年,有6艘天星小轮恢复航行。

1998年,也就是香港回归祖国的次年,天星小轮隆重庆祝其成立100周年。

1999年4月1日,天星小轮接办原本由油麻地小轮经营的红磡至湾仔航线。

2003年天星小轮公司为了方便观光乘客,开通"天星维港游"的海上游览线路。游客可乘坐仿照20世纪20年代设计的天星小轮"辉星号"畅游维多利亚港。这就是我们正在排队乘坐的天星小轮的由来。

没多久,一艘装饰得星光璀璨的游轮缓缓靠近,第一层上挤满了引颈张望的乘客。第二层有人在大窗子后面打牌。第三层上灯火迷离,仿佛在开派对,有人在窗口一边跳舞一边俯视我们这些众生。原来不管在哪里,都有头等舱和经济舱的区别。但是,无论是头等舱还是经济舱,我们看到的风景并无区别,该美的一样美。甚至,一层的游客因为没有窗口的限制,视野更广阔,能看到更多的美景。又因为都是站着的,更能让人珍惜看到的每一处风景。而二楼和三楼那些游客，又有多少人能顾得上欣赏窗外的美景呢？

所以我们永远不要羡慕那些奢靡享受的人。我们可能永远在辛苦地跋涉，努力地前行，过程很艰辛，但正是因为这些艰辛，我们的生活才更接近平凡而真实的美丽。

"辉星号"停船靠岸之后，邮轮上的人们下船清空。有人指挥我们上船，还算井然有序。但是回头看看身后黑压压一片排队的人群，不禁担心"辉星号"的荷载量。上船之后才发现，我的担心是多余的。因为一层的荷载量竟然是300多人。船上除了观光沿廊，中间都是一排一排固定式的条凳，所以能挤下那么多人也是正常。我们的主要目的是看夜景，于是选择了一个靠近船舷的位置坐下来。

船随着海浪摇摆，并不觉得晕船。小朋友更是兴奋，第一次坐船，还是观光小邮轮！一个个瞪大眼睛盯着，仿佛有什么精彩的剧目即将上演。

如果真的想要乘坐小邮轮渡海，据说港九公司和第一世界公司，各自经营几条渡海航线，方便海域两边上班的香港人。我们住的中环有其中重要的一个码头。可惜我们初到异地，还没有来得及找到中环码头的位置。

随着一声悠长的汽笛声,"辉星号"缓缓地驶离了维多利亚港口,朝着漆黑的海面进发。实际上也不过是沿着海岸线行驶而已,岸边的璀璨渐次铺陈在我们眼前。

随着一声悠长的汽笛声,"辉星号"缓缓地驶离了维多利亚港口,朝着漆黑的海面进发

每一个城市都有自己的一张脸,但是随着城市化进程的发展,这些脸渐渐有些相似起来。看着眼前鳞次栉比、灯火通明的高楼,我想起了另外一座大都会上海。不得不说,这两座城市有许多相同之处,同样有快节奏的本土生活,同样人口密集,同样寸土寸金,同样是座不夜城。张爱玲的《倾城之恋》

中白流苏与范柳原的一场爱恋，沦陷的是上海与香港两个城市。香港与上海仿佛一对兄弟。多年前，当香港还是一个海湾中的小渔村时，上海已是东方的好莱坞。而当香港成为东方之珠后，上海才开始改革开放。今天，这两座城市终于齐肩而立，携手共进，望向未来。

香港因为在英国殖民统治下多年，到底是有些洋化的，这种洋化催生了香港不同于大陆的文化。我们依然会记得二十年前席卷了我们整个童年和少年时代的香港金曲和香港TVB电视剧。认识香港，是从认识那些香港的明星开始的。从小米这代起，他们开始真正地认识属于他们自己的香港——一座在新世纪重新定位自己的城市。因为是重新定位，难免有偏颇的时候，幸好小米他们有足够的时间与香港这座城市并肩齐行。

海滨长廊有夜行散步的当地人，看到这艘灯火通明的游船，立住了脚步，向我们挥手示意。路灯散下缕缕金辉，看不清他们的脸，但是看得出他们的好意。这是一座包容谦逊的城市。

邮轮离岸边稍稍远了一些，跃入眼帘的景色更加宽阔。香港在景观灯上做了很大的文章。因为时值圣诞，一栋大楼从上到下盘踞着一整条的金色大龙，其他楼面皆是整幅整幅的欢庆图,辅以变化的图形和灯光,令人目不暇接。

无论有多少人夸大香港与大陆的差异,我们都不得不承认1997年以来香港和大陆在经济和文化领域内的碰撞和融合。这一点在香港的夜景中充分地展现出来。色彩缤纷的大楼楼顶除了立着香港本土和世界著名的厂商广告灯,更多的还是来自大陆的商家广告。"中国移动""中国中钢""工商银行"这些字正方圆的汉字不断地映入眼帘。这也是令我恍然身置上海的原因。不但是上海,就连南京,我们夜游玄武湖时,鳞次栉比的大楼,水天相接的灯光,一样美若仙境。

每座城市都有自己的美景,关键是美景中的人,那才是一座城市的灵魂。香港这座城市据说生活着将近730万人,总面积却仅有1104平方公里。他们工作、生活,井然有序。街上很少堵车,地铁上不拥挤,公共场所不喧哗,该排队的地方秩序良好。空气干净,天空碧蓝,问路时人人都笑容满面,操着一口并不标准的普通话极力地为我们排忧解难。

我们刚到达香港的时候,在中环的街头迷过几次路,问过几次人,每次都得到热情的回答。其中一次我们问海洋公园的去路,一位戴着眼镜的香港帅哥看我们带着三个小家伙,操着并不太标准的普通话,费力地给我们设计了三个方案,每个方案的时间和花费都不同，以供我们选择。

2005年我在洛杉矶的公共场所里常常看到中文标牌：请随手关门！请不要丢弃垃圾！请不要掐菜梗！连麦当劳这样的小餐馆都在店里显眼位置张贴：请在离开之前清理自己的餐盘！如何抹掉这些口气强硬的中文标语？如何在外国人面前树立起自己的尊严？不是用同样强硬的态度去争去辩，也不是与己无关地漠然处之，而是用自己的行动，用自己的一言一行来一点点地改变我们在外的不良形象，潜移默化地建立起我们礼仪之邦的形象。2013年，朋友在美国，说已经很少看到这种中文警告标语了。

现在，我的取景器里出现的只是香港的美丽夜景，我不关心政治，但是我很关注香港的人。他们温和安静，并不偏激，仿佛现在迎面徐徐吹拂过来的海风。TVB电视剧中有一句经典的台词："呐，做人呐，最要紧的是开心！"而香港人也坚持着这个原则。做人，很开心；做事，让别人开心。

香港人在一座半山半海的海岛上不断奋斗，营造出一座传奇的城市。他们在城市里布光设影、栽花种草、建楼筑屋，而这些迷离光影、蓬勃花草、高大楼宇又成为多少人眼中的传奇一景。

小米为了看更好的景色，跑到船舷边去了，因为个头小，必须要费力地踮着脚尖。船舷边可以看到海水泛起的白色浪花，贴着船身，开一圈，谢一圈，此消彼长，永不消失。这种反反复复的变化，小孩子竟然可以看很久很久。

难得3岁的小朋友能安静这么久，只是我们今天来的时间并不凑巧，错过了幻彩咏香江的灯光表演。经过香港会议展览中心、中银大厦、汇丰银行大厦、国际金融中心的时候，我拍下了几束激光灯光刺向夜空的景色。此时此刻，如果万灯同辉，七彩流光，那会是怎么样的一场光影盛会呢？

每一场旅行都会留有遗憾，仿佛画作的留白，这一点空白是一种难得的牵挂，让我们对自己走过的地方有一些念想。这些念想也许就是另一场旅行的伏笔。人生需要伏笔，等待我们用脚步去探索未知的道路。

天星小轮沿维港航行一圈，回到原处，用时一小时。我们跨过踏板，看到脚底海浪刷地扫过码头的岩壁，仿佛这次路途中属于维多利亚港口的一页刷地翻过去了。小米只是茫然地欢喜，那些灯光有没有在他的记忆中留下绚烂的一笔？我相信是有的。孩童的记忆显露出来的部分很浅，但是根植于内心的那一部分其实很深。有些见闻会让他不自觉地修正自己，譬如我们叮嘱不能在地铁里吵闹和吃喝。因此这一路上再渴再饿，他也会学习忍耐。

夜已深，我们沿着海滨长廊返程回酒店，路上遇见一位老人说着我们听不懂的话语，面容憔悴，语气急切，仿佛在恳求着什么。陌生的地方，陌生的面孔，陌生的语言，我们三个年轻妈妈带着三个年幼的孩子，第一反应是自我保护。幸亏香港的夜，人并不少，陆续有人走过，我们对老人无奈地摇摇头，继续朝前走。

走了几米远，突然反应过来老人说的话并不是粤语，再仔细地一想，他说的话有那么几个字连贯着能猜测出问路的意思，而且他脸上的表情，不就是一般风尘仆仆的旅人常有的吗？我们立刻返身追上老人，老人正在焦灼地张望，一见我们回来，喜出望外，极力用最接近普通话的口音对我们混乱地解释着。渐渐地，我们半猜半蒙地明白了：他来自内陆西北的某个省份，参加老年旅游团来到香港，在参观维多利亚港口时与导游失散了。

我们问他导游的电话，他从怀中口袋里掏出一张皱巴巴的纸条，上面写着一个电话号码。拨过去，带老人团的导游正在抓狂，听说我们碰到一个，立刻让老人去金紫荆广场集合。我们给老人指清楚去金紫荆广场的路，作别了千恩万谢的老人，转身再回程。小朋友们跟着我们来回走，虽然又困又累，竟然不吵不闹。夜风习习，有些凉了，小朋友们穿上了外衣。异地的夜晚因为这个小插曲变得生动而有趣起来。

作为一个出门在外的异乡人，保持十二分的警惕是应该的。但是许多时候，我们警惕过了头，就成了戒备。一个随时保持戒备姿势的人，就像带着一身尖刺去旅行的刺猬，是没有办法得到接纳和包容的。首先我们应放下成见，坦然、真诚，正如我们在香港街头问路的时候，得到许多意料之外的帮助，而小孩子在排队的时候也得到很多照顾。

这确实是一个自由、法制、尊重、和谐的社会，在这社会中，我们用当地的公序良俗来约束自己，尊重他们，也会从他们那里得到更多的接纳和包容。当我们用同样的态度和心态来帮助一位迷路的老人时，那一刻，我们仿佛就是当地人。

所以，当我们给予别人光辉的时候，自己也会得到更多的温暖。

就像《我的野生动物朋友》中的蒂皮，她把非洲当作自己的故乡，把自己当作了野生动物，她才能彻底地融入那片广袤无垠的褐色大地,同时她从那片土地中汲取到法国永远不能给予她的那种天然、原始、神秘的力量。

 向外看世界,向内看自己

第二天,是小朋友们最兴奋的一天,因为他们将要去海洋公园。对于喜欢大海的孩子来说,这是多么值得纪念的一天。

我们乘坐地铁,再转巴士。居住了近730万人口的弹丸之地竟然在交通方面毫无压力,源于香港先进的公共交通系统,除了地铁的通达,街头的巴士都是双层的,这一段时间被涂上了鲜艳的圣诞色彩,满街流动,整个香港都成了一座欢乐的色彩世界。我们按照规矩排队,用八达通刷卡上车,特地上了巴士的第二层,仿佛乘坐观光游览车一样,可以一路视线无碍地尽情观赏香港街景。车上二层也有电视,不停地播放粤语广告。窗外,年轻的情侣手牵手安静地一边走一边听音乐。中年的爸爸背着网球拍带着儿子去运动。买菜的阿姨妆容精致得像要去参加盛宴。年老的阿婆牵着阿公的手慢慢通过人行道。这就是平凡香港的最平凡的一刻。

位于香港南区的黄竹坑的海洋公园,是以海洋为主题的大型主题公园,据说是"世界上最大的水族馆"(之一),更在2006年被福布斯网站选为"全球十大最受欢迎的主题公园之一"，2007年被福布斯排行榜评选为"全球五十大最多游客到访的景点"，殊荣颇多，所以被孩子们选在了行程的前列。

终于看到了戴着海军帽穿着海魂衫的海狮了，"Ocean Park"几个字围绕在喷泉和海洋动物们中。走入海洋公园的大门，仿佛走进了一个蓝色的幻彩世界。到处是水波纹，到处是大大小小的喷泉，阳光下丝丝水汽拂面，清凉静心。公园大门内耸立着一棵巨大的圣诞树，树上是七彩的松果，树下是包装整齐的礼物包，连番的惊喜让孩子们幸福得尖叫。

我们第一个要乘坐的是上山的缆车，排队的队伍绕着山坡已经颇为壮观了。轮到我们了，出现在我们面前的吊车仿佛一只大型的鸟笼。六个人钻入"鸟笼"，工作人员检查了一下，吊车立刻就滑向了天空，以几乎45度的倾斜角度缓慢攀爬，悬空感令人眩晕。小朋友像小鸟雀一样，一遇到缆索交叉处咯噔一下颠簸时就开心得哈哈大笑。吊车有全景大窗，坐在座椅上，一路依山临海，远眺欣赏浅水湾海景，近望则可欣赏深水湾的美景。碧水无波，清凌凌的，仿佛湛蓝的绸缎，上面停泊着点点渔帆。海岸就是山坡，坡上绿树成荫，白色的高楼间或从树荫间拔地而起。

碧水无波,清凌凌的,仿佛湛蓝的绸缎,上面停泊着点点渔帆

香港这个城市在这个早晨,褪下了繁华热闹的外衣,换了一副面容来招待我们。此刻的它仿佛一位经历了时光洗礼的女子,安静地呈现她内心的丰美。渔船和不起一丝波纹的海面,绿树和傲然挺立的楼宇,远山和碧蓝如洗的天空,也许这才是它真正的模样。一半是天使一半是魔鬼,一半是海洋一半是山岛,香港有着相悖却又和谐的气质,就像大部分的香港人一样。

梁文道先生曾经在香港制作过一部微电影。他们到街上访问了大概100个人,只问两个问题。第一个问题是:"你觉得自己会越来越好还是越来越坏?"第二个问题是:"你觉得社会会越来越好还是越来越坏？"结果，90%以上的香港人都说："我觉得我自己会越来越好，而社会会越来越坏。"最后梁文道先生说：每个人都越来越好，社会怎么会越来越坏呢？

缆车的高度越来越高，回头望向来处，小米大叫："热气球！"黄竹坑谷底海洋公园的水上乐园上果然悬着几只巨大的热气球。其实小米还坐过其中一只热气球的竹篮，因为热气球都停留在地面上，并不能升空飞翔，当时还觉得没多大意思。现在从山上看下去，那几只热气球显得格外巨大，非常漂亮。有的时候，我们身处其中，看不到自己身边的美好，远离了看，就会发现并且开始珍惜。

缆车全程1.4公里，用时8分钟左右。我们刚刚适应了眩晕的感觉，就看到了海洋馆的入口。小米在海洋馆的时光对于我来说是一段安静的时光，因为那些摇曳多姿的海洋精灵们总是吸引着他的目光。他从色彩斑斓的小丑鱼开始，一路"哇哇哇"地惊叹，无论是体型巨大的大鲨鱼，还是小得仿佛米粒般的珊瑚鱼都令他驻足停留，细细研究一番。长得相当特别的龙趸和苏眉鱼让他驻足了足足有几分钟之久。当一条戴着面罩的美人鱼出现时，他有些懵了，问："妈妈，那是鱼么？"我想了想，点点头："是的。"

关于美人鱼的故事,我还没有来得及告诉他,那是一个悲伤的故事,我希望迟点再讲给他听。这个时候,我只需要安静地跟在他身后就行了。他看鱼悠游自在,我看他欣喜快乐,就足够了。

海涛馆主要展出两栖海洋生物,如美国加州海狮、非洲毛海豹、史提拉海狮、塘鹅、爵士企鹅及汉堡企鹅等。人造浪涛由电动浪涛机操纵,海浪起伏高达1米,海洋生物们慵懒淡定地走来走去,偶尔瞥一眼一群群贴着玻璃墙壁的人们。我们在看它们,它们又何尝不是在看我们?在这个世界上,谁比谁更加有智慧,谁比谁更能敌得过时光?只有漫长的岁月能够证明。

一路兜兜转转,正好遇到15分钟的海洋剧场表演。比较上海长风公园的表演,香港海洋公园的动物更多,训练更专业。鲸鱼摇曳舞蹈,海豚骑士迎风破浪,加州海狮从水中拖着肥肥的身子爬上来,与游人亲吻互动。

熊猫馆、百鸟居,这一路看下来,时间过得飞快。返程的时候,我们先乘坐缆车,再接驳海底列车。列车车站仿照欧美潜艇的造型,顶部安装有多媒体屏幕,一路循环播放海底动画。对于视觉为先的孩子,管它真假,已经足够吸引人了。只是3分钟的路程,还没有坐稳就到站了。

黄竹坑谷底的海洋公园水上乐园正在进行喷泉表演，我们从一幕幕水帘和水雾中穿梭过去，脸上被水汽一沁，神清气爽。整个海洋公园已经亮起了夜景灯，我们踩着梦幻一般的灯光去餐厅吃饭。

关于吃，除了海景餐厅值得驻足停留，海洋公园随处可见的POPCORN的爆米花味道也很特别，格外脆香甘甜。

三个小家伙在海景餐厅捧着爆米花等着云吞面是我们在海洋公园的最后一帧镜头。

 半山半海半香港

据说，一个人离家出门的时候，她的灵魂要比身体慢一些。但是每个妈妈都不一样，妈妈不止要目光随时随地追随着那个小小的身影，连灵魂都要来帮忙，围着那个小人儿团团转。香港是人潮汹涌的地方，一个错眼就会彼此消失在人海中。

我们在星光大道与小米超级喜欢的那只呆萌小猪麦兜邂逅之后，留了一天时间给香港迪士尼。香港迪士尼乐园占地120公顷，是全球面积最小的迪士尼乐园。麻雀虽小五脏俱全，香港迪士尼乐园有六个园区，包括美国小镇大街、探险世界、幻想世界、明日世界、反斗奇兵大本营、迷离庄园和灰熊山谷。

就是在迪士尼乐园疯狂游乐之后,我差点与小米失散。那一刻,至今想起来都令我冷汗淋漓。

亲子旅行,无论如何都避不开人流密集的游乐场所。因为孩童的世界是从玩乐中开始的。那些极致的快乐和兴奋,会调动他们的每一个感官,让他们从体验到体会,再从体会到领会。如果说海洋公园是让爱大海的小米兴奋的地方,那么迪士尼乐园就是让所有的孩子都疯狂的乐园。到了迪士尼乐园门口,孩子们的脚步一刻都停不下来,因为身边滚滚人流都在朝着这个著名的乐园进发,这种情绪很容易感染每一个来到这里的人。路上碰到一只站在鲸鱼喷泉顶上的米老鼠,小米好奇地研究了一下它为什么能站在喷泉上。大门前已经排起了长长的队伍,照例这种游乐场所是不能带食物的,门口安检自觉有序。走进大门,拿上游园地图,我们开始了一天的童话之旅。

在门口的"市政厅"可以拿到各种语言的迪士尼乐园地图。地图是必需的,小米最喜欢的动画片《朵拉历险记》中朵拉每次和小猴子布兹探险,第一个来帮忙的一定是热心助人的地图先生。迪士尼乐园的地图秉承了浅显易懂、简单明了的绘画风格,没有文字,仅仅看图形,也能大概找到自己的方位和要去的地方。在这一天的旅行中，我尽量让小米来寻找他自己想要去的地方，并认清自己所在的方位。在吃冰激凌、喝水、吃饭的休息间隙，他真的煞有介事地趴在地图上，一路寻找自己走过的轨迹，并找出即将要去的方向。就仿佛每一次我们一路急行，都会留一个休整的时间，来认清自己的来路和去途，以对过去做总结整理，对未来做一个规划和展望。在我们的人生旅途中，状况更加复杂，并且没有现成的地图，那个时候，只有坚定的信仰和勇敢的灵魂才能指引自己的航向。我要小米从这个时候开始就要养成规划和整理的习惯。

迪士尼环行专列是一定要乘坐的，坐在车上可以俯瞰整个乐园，一路欣赏各种风光。三个三岁多的小朋友都喜欢小飞象，可以母子二人同乘一辆飞象小车，上下飞翔，风从耳边呼呼而过，收获不少站在下面的小朋友艳羡的目光。

小米最喜欢的是飞跃太空山。这个项目是香港迪士尼乐园最经典、最惊险的必玩项目，无论何时去，都是人满为患。我们提前拿了FAST PASS，才能直接入场。这个项目规定小朋友的身高必须超过102厘米。门口的帅哥工作人员操着不太流利的普通话，很温柔地请小朋友一一量过身高。小米刚巧102厘米，被放行之后，呼出一口气，好险的样子。其实最惊险的还在后头，我们在幽蓝的夜光灯下坐上太空车。很多人不敢坐第一排，小米勇敢地走了上去，我也不得不陪着他坐在太空车的最前面。太空车缓缓地驶入了一片黑暗中，我在小米耳边提醒他："睁着眼睛哦，你会看到美丽的星空。不要害怕，因为妈妈在你身边。"其实我自己的心底是存有一丝害怕的，但是在这种情况下，只有我勇敢，才能让小米更勇敢。随着一片璀璨星空的出现，我们的太空车开始加速，快速地旋转、上行、俯冲、左摆、右扭。这个过程中，星空一直不停地变幻，甚至不断有星球和流星与我们擦身而过。我感觉到小米汗湿的手紧握着我的手，我再次在他耳边说："看看那边的星球哦！大声地喊出来，将害怕喊出去！"随着太空车一个最激烈的俯冲，小米一路"啊"地大叫。最后几个悬空翻转，太空车飞跃过星河，飞跃过我们心中一个叫作懦弱的坎，渐渐地放缓了速度，冲出了黑暗，回到了车站。我气息未匀，工作人员已替我们打开了安全锁，小米很镇定地走出来。而我的脚踩到地面上，明显有点虚浮。某些时候，大人真的没有小孩子勇敢，不是因为困扰多、困难大，而是因为我们无法战胜内心那个懦弱的自己。

飞跃太空山之后，路边陆续出现了占位看乐园游行的人了。很多香港本地人带着孩子来迪士尼乐园的目的就是看一场身临其境的乐园游行，这一游行主题是"飞天巡游"。

迪士尼每过一段时间就会设计不同主题的花车巡游。香港迪士尼乐园的巡游路线虽然短，但是每辆花车同样耗费巨资，精致完美。每个参与路演的演员都精挑细选，无论是形象动作还是服装头饰等都一定要符合童话故事里人物的原型。就是那些群演的小精灵和小蜜蜂，都要经过严格的排练才能与观众见面。难怪本地人也会专门坐车来观看巡演。这是一场不亚于真正的演出的路演，而且能近距离地与演员互动。

游行大约从下午3点开始，我们大人站在后面，小朋友在路边席地而坐。当第一辆花车中的小飞象乘着音乐的翅膀"飞"过来，小朋友集体激动起来，有的站起来，有的大叫，连襁褓中的小婴儿也被声音吸引，扭头目不转睛地看过去。

小飞象之后是玩具兵、小熊维尼、米老鼠、爱丽丝、动物乐园、鲜花精灵、热带风情、花木兰、巴斯光年、太空战车。最令小女生激动的是一辆天鹅造型的花车，车上站着迪士尼动画中最美丽的四位公主，每一个公主都仿佛从画中走出来的一样，美丽优雅，不停地朝人们挥手微笑，送出飞吻。

熟悉的童话故事中的人物一个个真实地出现在面前，而且还又跳又演，朝自己挥手微笑，小米像在做梦一样。直到一对王子公主跳着优美的华尔兹，突然停在他的面前，王子微笑弯腰，优雅地伸手邀请小米加入。小米也伸出手，懵懂地被拉入了路演中，随后又有几个孩子加入。临时加入的巡演小演员们竟然很快地踩准了节奏，前进，后退，旋转。不知道这是"飞天巡游"的精心设计还是调皮演员们的临时起意，让小朋友加入巡游这一环节让整个路演达到了高潮。一眼望不到头的巡演队伍，节奏轻快的乐曲，装饰华美的花车，身在其中的小朋友，觉得整个迪士尼乐园就是一个欢乐世界。

小米加入到"飞天巡游"中

巡游之后，小米有很长时间都回不过神来。甚至是我，都觉得有些不可思议。下一个环节就是让我们最期待的烟火表演了。迪士尼乐园能让天下每个小朋友都乐此不疲的原因之一，是他们精心安排的每个时间段的活动，都能切中小朋友们心中最向往的那个诉求点。

我们随着维尼熊乘着蜂蜜罐巡游了一遍世界，再看过《米奇幻想曲》，天幕渐渐地暗了下来，乐园里的夜景灯次第亮了起来，每一处都比白天更绚烂、更浪漫。我们朝着睡美人城堡走去，到了才发现，已经是人山人海了。黑暗中，我们找了个位置静静地等待着。

但是小孩子在无所事事的状态下最多只能安静三分钟。四处张望的小米更是被周围的商店吸引，里面各种各样的纪念品在灯光的辉映下太诱人了。好不容易将他抓出来，睡美人城堡那边的音乐声已经响起来了。

米奇魔法师用极具感召力的声音将人们的目光都吸引过去，城堡在魔幻灯光中醒来。第一束烟花低低地盛开，引起一片惊叹。第二朵烟花更高更艳，接着第三朵、第四朵，次第盛开。突然从城堡的左右塔楼中对射出两束巨大的烟花，照亮了整个夜空，睡美人城堡仿若白昼，全场爆发出兴奋的尖叫。小米站在人群中，又矮又小，被大人挡住了大部分的视线，但是却挡不住他的热情。他仰着脖子朝向天空，只能看到烟花渐渐消失的画面。我看他那么投入，就放心地摆弄自己手中的相机。将相机调到夜景模式,手持状态下要拍到完美的烟花照片,必须要保持完全静止的状态。

睡美人城堡灯光迷离,烟花表演随着灰姑娘的故事逐步展开,烟花一层层地盛开,有时是小步舞,有时候又是大回旋,有时候四散弥漫,有时候又集中交叉,有的是冷色,有的是暖色。以夜空为幕景,光与影、声与色交汇成了一场最梦幻的童话。

我们的人生就是一场童话。

美国电影《大鱼》中的父亲一直在给自己的儿子描绘一幅梦幻般的传奇人生画卷。儿子渐渐长大,懂得了梦想与现实的差距,不再相信自己的父亲。长大了的我们就如那个拒绝童话的儿子,信奉所谓的现实世界原则,而刻意疏远内心最纯最真的东西。在父亲临终之时,儿子看着病床上一如既往地讲述着童话的父亲,一点点回忆父亲的童话一生,突然明白父亲给予了自己生命中最美好的开始,自己却背离了这个美丽的初衷。他像父亲一样,开始给弥留之际的父亲描绘父亲向往的童话葬礼。影片的最后,那条贯穿了父子一生的大鱼在父子俩最后的生命交集中悠然游向远方。

如果我们相信童话,生活并不会变成童话。但是如果我们相信生活中美好事物的存在，最后我们也会渐渐成为美好事物的一部分。就像讲故事的人最终会成为故事的一部分，听故事的人也会成为讲故事的人。

但对于小米这样的孩子来说，现实和梦幻是没有分别的，就像眼前的这场烟花，亦真亦幻，才是孩童的真实世界。

对于小米这样的孩子来说，现实和梦幻是没有分别的，就像眼前的这场烟花，亦真亦幻，才是孩童的真实世界

烟花表演渐渐到了尾声，最后两束火光消失，睡美人城堡的夜景灯光也渐渐熄灭下来。空气中弥漫着硫黄硝烟的气味，现场却一片静默，所有人都处在一种暂时失语的状态。几秒钟

之后，人群才爆发出久久难绝的掌声。

抬头望望夜幕中纤尘不染的星空，一瞬间，我明白了所有的童话，其实都不是骗人的，就如《大鱼》中那位父亲所认为的那样。世界上之所以有童话故事，是因为有爱。只有发自真心的爱，才能让作者创作出那些美丽的童话。并且我们都希望爱能够绵延不绝，所以不断地讲童话给自己的孩子们听，让爱在他们的心间流淌。也许有一天他们不再相信童话，但是有爱在，生活就是童话。谎言有时表达了一种愿望，折射出我们对生活生生不息的希望。

人群又开始恢复了活动，我低头一看，仿佛头顶被人敲了一记闷拳，瞬间从头发梢到脚底板都如电击一般：小米不见了！

短短的几分钟，当我的注意力全部凝聚在相机屏幕上时，他不见了。

我的目光像雷达一样四处搜索，到处都有孩子在大呼小叫，但是就是没有穿着蓝红格子衬衣、背着黄色小包的小小身影。我冷汗四起，虽然知道香港很少出现拐卖孩子的事情，但是我记得2005年我在一向宣扬治安良好的洛杉矶丢失一副墨镜的惨痛经历。

小米不是一副墨镜,他是我生命的一部分。我无法想象没有小米的人生。

我惊慌地大声喊他的名字,四处奔走,在商店里、花坛边、人群中到处疯狂寻找。小米在家就喜欢跟我玩躲猫猫,和我散步,都会躲在小树丛中,突然窜出来吓我一大跳。此时此刻,我多么希望他突然从哪棵小树后面窜出来惊吓我。人们都在朝门口缓慢行走,准备离园,有人对几近癫狂的我投来几束同情的目光。

我渐渐冷静下来,想起对小米无数次地叮嘱过,如果跟妈妈走散了,要在原地等候。我又疾奔回观看烟花的地方,一边大声叫唤小米的名字,一边思索如果再找不到,就要去迪士尼乐园服务处进行寻人广播了。突然在一群学生的后面,绕出了一个小身影,大叫着"妈妈"。我立刻抱住他,眼泪唰地流了下来,连责备都来不及。

小米从我怀抱中挣脱出来,问:"怎么了?"看着他茫然无知的脸,我又想起《大鱼》的故事。也许刚刚过去的几分钟不过是他盯着一个玩具娃娃的时间,对于我却是乍惊乍喜的一个世纪。但是我为什么要让自己的情绪惊扰他平静的童话世界?

我抹去眼泪，说："没事，我们回去吧。"回去的路上，我抓紧了他的手，反复地叮嘱一些孩童的常用安全知识，譬如不要跟陌生人说话，与父母走散该怎么做。

小米听着听着，渐渐地开始犯困了。我们一路沿着一条灯光带走去，路灯仿中世纪造型，呈花枝状，挺立着的墨绿色的灯杆，整齐得仿佛送行的卫兵一样。光影迷离中，我们仿佛走进另一个童话的世界。或许是灯光的缘故，眼前的世界比白天更加温柔，而我的心中带着失而复得的安定。

我们坐在巨大的墨绿色雨廊中等地铁，孩子们东倒西歪地靠在妈妈的身上。如果拉开镜头去看，立柱推进的巨大景深中，此刻的我们仿佛是童话故事中的一个标点，不是结束的句号，而是开始的冒号。

地铁呼啸而来，我们站起来，这一趟迪士尼的童话之旅结束了，但是，我们仿佛才走进童话世界。

东京

 最近和最远的距离

2014年一个阳光灿烂的春日,我们从上海虹桥国际机场出发,去往东京。

因为马航连续出事,在换登机牌的时候,服务人员看我们是母子出行,贴心地专门给我们换了机尾处的两联坐。上了飞机后才发现,一般儿童都被安排在机尾处,据说这一段座位相对安全。小米与一位上海的六岁小姑娘前后座,很快就熟悉到在座位空隙间互递玩具玩。

全日空的空姐姑娘真的很有耐心,小米对呼叫摁钮很感兴趣,在我不知道的情况下摁了三遍,然后就出现同时来了三位空姐的场面。三位空姐都笑容可掬地看着我们,我连连道歉,并眼疾手快地拉住了还茫然无知的始作俑者小米伸出去的手——他正准备摁第四次。空餐很好吃,其中一种炒豆和樱花饼还被小米珍藏到背包中。临走的时候又被赠送了专门给小朋友准备的全日空礼物——手动风扇和沙包,这对小米来说是最意外的惊喜和收获。

到达东京成田国际机场的时间是下午两三点钟。拿到行李从到达大厅来到地下一层,就看到一家JR旅游服务中心。服务中心售卖JR线到东京各个区的车票。很多人在排队,工作人员拿着表格一一登记。我们购买了Narita Express高速电车往返成田机场和新宿区的套票以及Suica卡套餐,一套5500日元。Suica卡音译为西瓜卡,卡上有1500日元的充值额度,用完之后可以再充值。别看这张西瓜卡小小的,我们在东京乘车、超市买东西,甚至存包、买门票都可以用到它,非常方便。日本的交通费非常昂贵,按路途计费,我在东京只是乘地铁和电车就充了三次值。日本规定满6周岁的儿童才需要买车票,所以无论到哪里小米都是免费蹭车的,这为我们的旅途省了一大笔开支。

Narita Express高速电车一天有两趟去往新宿,这是最后一趟。拿到票,转身就是车站入口。我拿着一张小小的车票,领着小米,通过闸机,进去就是电车站,实在方便。电车有巨大的行李箱架,行李也可以放在门口的行李架处。门口行李架处有行李锁，方便像我和小米这样无法举起沉重行李的游客。

按照票上座位号，我找到自己的座位，让小米坐在我的腿上。等电车开动了之后，我身边的座位还是空的，小米才心安理得地移驾到那个空位上。后来我想，会不会是工作人员特地空一个座位给带着孩子的乘客呢？本想离开日本返回的时候跟Narita Express的工作人员求证一下，谁知道我离开那天坐错了车，倒了几次地铁才返回成田机场，错过了再次乘坐Narita Express了解真相的机会，也浪费了一趟从新宿到机场的Narita Express乘车费用。

电车驶出了机场车站的大厅，清透的阳光迎面而来。湛蓝的天空、远处青紫色的群山、近处被阡陌切割成方块形状的农田、马路上偶尔飞驰而过的货车、淙淙流过的溪水……如果不是货车后面的车牌，真令人怀疑这是中国的某个山村的景致。一直望着窗外发呆的小米，看着一排排急速退去的农舍和农舍边一块块的菜地，喃喃地问："我们是不是到奶奶家了啊？"

我似有恍惚，低头看了一眼手中的Narita Express电车票，肯定地对他说："不是哦。"

3月底正是日本春假时期，日本从小学到大学都会有2周到一个月不等的春假。这是我事先完全没有预料到的，导致我们在很多场所与大批的学生一起排队。

在长时间排队的过程中也能发现日本学生的许多特点。譬如低年级的孩子一般都穿着校服，不同的学校校服也不一样，但都很漂亮、整齐，做工非常好。穿着校服的孩子无论是站还是坐，姿势都很端正，仿佛时刻记着自己的身份，提醒自己不能对不起胸口那个学校徽标一样。

每看到一群穿校服的孩子，小米就问："他们是来自巴学园的吗？"坐在电车教室里上课的小豆豆果然比较深入人心。但是真相是残酷的，我知道，那所全球闻名的以电车为教室的巴学园已经毁于一场战争，人类的很多不可复制的历史、文化都毁灭于战争中。

高年级或者大学的学生就自由多了，运动服随便穿。还有些孩子穿着奇怪的COSPLAY的衣服就四处晃荡。高中女生浓妆艳抹，与男孩子出双入对的非常多。脱离了严格教育约束的孩子们，两极分化非常严重。

在对待中国人的态度上，孩子们都很友好而热情。我们在迪士尼乐园排队的时候，身后两位中学生，听说我们来自中国，立刻在手机上搜索中文问好的句子，试图与小米交流。玩过疯狂山洞之后，小米与几个日本幼稚园的孩子在完全没有语言交流的状态下，玩了半个多小时的转盘。那种转盘需要先合力推动飞速转起来，然后小伙伴们一起飞快地跳起来趴上去，享受一分钟左右的旋转。孩子多的时候，就一个又一个叠罗汉式地趴在转盘上，也不管你压了我我挤了你。转盘不转的时候，大家都很自觉地跳下来齐力推，然后再跳上去，没有一个人偷懒耍滑。

不知不觉中，Narita Express高速电车已经摆脱了乡野的包围，渐渐地四周的高楼多了起来。一个半小时之后，Narita Express高速电车像长剑一样驶入了东京的心脏——新宿。还没从电车上下来，窗外密密麻麻、纵横交错的地铁轨道，以及不停驶入驶出的列车，已让我眩晕不已。新宿车站光站台就有将近20个，一个站台又有不同的铁路公司的列车，以颜色区分，所以每次问路，日本人都会叮嘱我："坐6号green的列车哦"或者是"坐orange的列车哦"。每间铁路公司的指示牌的颜色是跟火车颜色一样的，第二天我就找出了规律，坐JR线跟着橘色路标走准没错。

从新宿站东南口出站之后，在小米灵敏的方向感带领下，我们走过两个路口就看到酒店的标牌。占了大半幅街面30多层的酒店的大堂竟然不是在一楼，一楼被超市和餐厅占据了。也不是在二楼，二楼正在举行一场婚礼，有人站在雅致的接待桌后面欢迎我们。我们差点混进婚礼现场。等有人引导我和小米洗手进餐，我们才觉得不对，连忙退了出来。再走过半幅楼面，才看到小得仿佛只剩下一截柜台的酒店大堂接待处。而这个接待处不但负责登记入住和退房，还负责所有旅客的咨询、行李寄存等杂事。等到我们进了酒店房间，又一次充分地领略到了东京的寸土寸金。房间里除了一张床，只能放下一只行李箱了。写字桌的椅子拉出来之后，人只能侧身行走了。洗手间更是小而紧凑，但是样样齐全，不但配备一个浴缸，还有日本一流品牌的洗护用品。小米觉得那个能够加温冲水洗屁屁的马桶很神奇，实验了若干次。

我们放下行李，才下午5点多，餐点还没到。出门一看，夜色已经笼罩了整个都市，霓虹灯渐次亮了起来。我们决定去东京都厅先饱览东京夜景。从酒店穿过一条街就找到了双子塔一般的东京都厅。东京都厅是日本东京都政府的总部所在地，位于新宿区西新宿。这个时间段，南展望室已经关闭，我们只能去位于东京都厅45楼的北展望室。电梯前有阿姨专门引导，电梯里也有人值守。东京都厅建立于1990年，至今已有24年历史，每天接待超过5000名观光客，而这个观光电梯竟然整洁如新，几十秒的上升过程中宛若置身平地。

东京都厅可以360度尽览东京全貌，真的非常壮观，只是夜晚的东京，密密麻麻地密布至天际的点点灯光让我这个密集恐惧症患者有点不适。小米更是对夜景毫无兴趣，只对咖啡厅中传出的面包香味直咽口水。我们决定去东京都厅的地下餐厅蹭一顿日本的公务员餐，据说那是新宿区性价比最高的餐厅。等电梯下楼的时候，电梯口一张告示让我们大失所望，那张告示告诉我们，地下餐厅只供应午餐，不供应晚餐。

饥肠辘辘的母子两人走出东京都厅的大门，晚风习习，一丝凉意透骨而来。出门左拐就看到一家灯光明亮的本土餐厅，挂着柔和的篾骨灯笼。小米是经不得饿的，立刻就像只小飞蛾一样扑火而去。

小米在品尝怀石料理

我一看到"怀石料理"就知道不好了。不得不追着小米进去，脚还未踏进门，就已经听到几声"欢迎光临"的日语了。门一推开，迎上来几位穿着和服的姑娘和穿着西服的帅哥，他们真诚的笑容完全地切断了我的退路。在问了几句日语不见我们回答之后，一位胸前挂着"松本"名牌的帅哥机警地换成了英语："How many people？"小米伸出了两根小指头。

"Follow me，please！"然后我们就不得不跟着松本走进了一间小包间。菜单拿上来之后，我看着每个菜式后面若干个零，只觉犯晕，虽然都是日元，但换成人民币的数额也是很可观的。但是中国人好面子的习惯支撑着我没有临阵逃脱。

松本帅哥在送上两杯清茶之后，扑通一声跪在了我和小米面前，吓了我一跳。日本人一向讲究礼数我是知道的，这一路被人不停地鞠躬点头，我们已经很习惯了，但是这样直接跪拜的还是第一次。

正当我不知做何反应时，抬头看到隔壁的三口之家正在坦然地向一位跪着的老伯点菜，于是我恍然大悟了。面对双膝跪地的松本，我依然心硬如铁地点了最便宜的两个套餐，结账时是15700日元。吃完之后，真的不知道吃了什么，吃饱了是一定的，但是绝对没有吃好。可能我们都不适应日式料理，也许我们更喜欢日本民间的味道。走出"怀石料理"餐厅之后，我一边飞快地计算我们的预算，一边跟小米商量："明后两天我们光吃面条行不行？"

小米吃饱了肚子，什么都好商量："好的，一言为定！"之后几天小米也践行了他的诺言。避开高档餐馆后，我们反而吃到了许多日式的民间美食，如豚骨汤面、好好烧、鳗鱼饭、人形烧等。这些美食最多也就一百多日元，最便宜的鲷鱼烧只要70日元。

所以我相信，人与人之间，嫌隙不是天生的。我们喜欢吃同样的东西，喜欢同样的美景，即便没有语言上的交流，孩子们也能够玩到一处。

 一切都会是我们梦想的模样

之所以选择浅草作为我们的下一站，对于小米来说，是因为根据日本漫画大师松元零士漫画《银河铁道999》所设计的Himiko水上巴士，那是一种类似宇宙飞船的交通工具，于2004年3月正式加入东京都观光汽船株式会社的营运航线。在这一点上，我们不得不佩服日本人，他们总是想到什么就做到什么，无论是多么不可能实现的东西，他们都尽己所能地做到。而我们有的时候太过于现实，故步自封，对于超出自己能力范围的东西连想象都不敢。有的时候，我们又太过狂妄刚愎，不知道天外有天，经常描绘出一番美景，却总是纸上谈兵。

我希望小米能够懂得，有很多东西，只要你想象得出来，你就朝它走近了一步。但是如果你想要完全拥有它，必须付出比想象多百倍千倍万倍的努力，甚至一辈子的时光。这个东西就是梦想。只要有梦想，你就有抬起脚步的能力，你就有继续前行的动力。但是仅仅有梦想是不够的，我们还需要知道在前行的路上怎么坚持自己的梦想，并最终努力实现它。

我们很多人在残酷的现实面前已经放弃了最初的梦想，当初弹琴的手指现在已经肥硕无力，当初高扬过头的脚尖现在连个简单的弹跳都完成不了，曾经尽情泼洒的颜料已经干涸，当初激昂写下的诗篇墨迹被光阴侵蚀。我们在岁月的风霜里低下高昂的头颅，收起飞翔的翅膀，学会了像大多数人一样行走。

可能某些时刻，那些被压抑的梦想蠢蠢欲动，以至于我们希望自己的梦想能在自己的孩子身上实现。但是，我想说，孩子有他自己的选择权利。梦想不可以延续，但可以叠加。就像小米，他现在的梦想是做一个建筑工人，能够操纵机器直接将屋顶盖在房屋上。我很欣赏他的梦想，并且鼓励他，尽力帮助他认识建筑工人这个工种。建筑工人的工作范畴不仅仅是修建房屋，桥梁、船舶也都凝结着建筑工人的汗水。譬如今天从漫画世界中朝我们驶来的Himiko水上巴士，在制造过程中也有许多工序是由建筑工人来完成的，铁皮和玻璃的浇铸、成型、焊接,以及船体下水等都是由工人来做的。我们每一天走过的马路、铁轨也都出自建筑工人之手。可以说,世界是从建筑工人们的汗水中凝结出来的。

我不能因为建筑工人辛苦劳累,就强迫小米拿起画笔,认音识谱,执棋写字。我只是希望将来有一天,如果他真的成为一名建筑工人,在工作之余,能够画出一幅风景画,懂得欣赏音乐,无论是中国象棋、国际象棋还是围棋,都能跟人"杀"一盘,那么,我的梦想就成功地叠加在他的梦想之上,并且让他的梦想多了一丝快乐的色彩。当梦想真的成为每天的工作之后,它就不再是梦想了。这一点,刚过六周岁的小米,还不能够理解。而我在他理解之前,并不能将这个世界的残酷赤裸裸地展现在他面前。总有一天,他会明白,世界不是他梦想的那样,但是,亲人还是亲人,朋友还是朋友,爱还是爱,只要这些都在,一切都会是我们当初所想象、所梦想的模样。

擦肩而过的一抹浅草风情

去日本之前,在选择酒店的时候,与预订网站的帅哥产生了分歧。他建议我们住在新宿,给出的理由如下:第一,新宿交通四通八达,方便;第二,新宿外国人多,尤其是中国人多,我们老弱妇孺的,万一有个什么事,也好照应。而我想住在浅草,唯一的理由是:据说那儿到处飘荡着江户时代的风情。

后来证明，我原来的选择是正确的。

2014年3月26日，早上，朦胧的光线透过窗口的缝隙钻进我的眼帘，我跳起来，手忙脚乱地洗漱整理。又是一个春日，昨天已经实实在在地领教了日本春假学生潮的汹涌，我怕临时买不到票，早早已经在网站上预订了10点10分从浅草到台场的Himiko水上巴士船票。不准点赶到的话，估计船票便作废了，抬腕看看表，现在已经九点多了。

小米昨天玩得太累，此刻正是好眠，我不忍心叫醒他。在他睡得正香的状态下，我替他换下了睡衣，穿上出门的衣裳，套上袜子，然后将他竖直抱起来，将他推到卫生间。他闭着眼睛刷牙洗脸，直到穿鞋出门，还处在迷迷糊糊的状态，眼睛肿得厉害。

我们只来得及在酒店楼下的便利店买了两盒牛奶和面包，便出发了。天空微云无雨，这是我们在日本期间的第一个阴天。日本的天气阴郁起来，比较沉闷而呆板，整个天空像极了东京新宿地下铁里那一张张迎面而来背身而去的面无表情的脸。九点多的新宿已经完全进入了工作模式，连那一幢幢大楼都换上了严肃的颜色，一本正经，丝毫不见夜晚霓虹灯闪烁的妖媚。我们依然溯着人流，坐JR中央线到神田，在神田车站换乘JR武藏野线,到达浅草。

一出浅草站,天空还是一样的沉郁,但是我明显听到小米深深地呼出一口气,他的眼睛明显地清醒而明亮了,而我的心也随之一松。

浅草站的设施跟东京地铁其他站没什么两样,但是沿着手扶电梯,再上几级台阶,抬头就看到一盏巨大的宫灯,嵌在神龛一样的老漆木座里,红色的灯笼上书写着几个玄色金边大字:银座浅草站,莹莹闪光。一阵浓郁的江户遗风扑面而来。

抬头就看到一盏巨大的宫灯,嵌在神龛一样的老漆木座里,一阵浓郁的江户遗风扑面而来

我很后悔没有坚持自己的意见选择浅草的酒店。每天出门面对现代大都市里常见的钢筋森林,和成千上万面无表情的人擦肩而过,不要说小米会产生审美疲劳,就连我自己,也觉得每次呼吸的空气,都是从那些狭窄的钢铁缝隙里挤出来的。来到浅草,我们终于可以大口呼吸了,这比饿了几天之后大口吃肉还要爽快。

路边站着几位穿戴得很有古代感的人力车夫，着装很统一，头上戴着遮阳帽，仿佛一口倒扣过来的黑锅，身上穿着有修竹图案的黑色紧身衣裤，肩上搭着一条擦汗毛巾，腿上绑着绑带，手腕上也绑着护腕。车夫们有着全世界车夫都具备的绝好的眼力劲儿，看到我们背着行囊，挎着相机，立刻上前来招呼："坐一坐吧，很便宜的。"当然，他们用日语，见我们没反应，又换成英语说了一遍。

我正低头在手机上研究浅草寺的方位，小米同学则低头研究车夫们奇怪的分指布鞋。那种布鞋将脚趾部分一分为二，看起来很像某种动物的蹄子。哦，对不起，浅草的车夫们，不是大不敬，实在是在小朋友们的眼中，这种比拟是很形象的。

"哼骗一，左左吧！"一听到这么"地道"的中文，我差点激动得拉着小米坐上那辆古朴的人力车了，但是一看时间，离Himiko水上巴士的开船时间已经很近了。我跟车夫们点头致歉，拉着小米朝著名的浅草寺而去。到了浅草，不去浅草寺，就好像到了南京，不去夫子庙一样。

其实只不过是转身的距离，就看到了金龙山浅草寺的标志——悬挂着巨大灯笼的雷门。那个灯笼是日本某著名电器公司捐赠的，所以在灯笼下面有明显的电器广告。日本真是个无处不广告的国家。所有干线的沿路、沿街的楼房,能够打上广告的地方全都是广告。而且日本的沿街广告全是巨大的字体,或者是代言人的巨大照片,地铁车厢里也到处贴满了广告,争着抢着夺人眼球。相比较而言,我们城市犄角旮旯里那些偷偷摸摸的小广告,真的算不了什么。当然了,对于广告铺天盖地的新宿来说,浅草的广告已经少了许多,令人赏心悦目多了。

穿过雷门,是浅草寺的参道"仲见世"(商店街),远远看过去,一长列的铺子,都是熙熙攘攘的人流,铺子顶上一溜儿插着塑料的樱花。浅草寺供奉的本尊是观音菩萨,听说签语很灵验。我们被眼前参道上络绎不绝的观光人潮给吓住了,也被即将到的Himiko水上巴士开船的时间给绊住了,于是连著名的木村家人形烧都没有买,就出门折向左,往浅草吾妻桥方向而去。

迎面走过来两个年轻的女孩子,梳着发髻,穿着色彩艳丽的和服,跋着木屐。和服的裙裾紧窄,她们迈着小碎步子,一路笑着闹着,从我们身边摇曳而过。倘若换成年长些的女子,梳着沉重的发髻,插着发梳,妆容和风情更浓重些,举止和心态更沉静些,再撑着一把手绘纸伞,在浅草的风光里,那会是怎么样的一幅美景?不懂风情的小米依然饶有兴趣地低头研究她们的分指袜和一路沓沓作响的木屐。

快乐会传染

浅草街上的人没有新宿的那么匆忙，也有悠闲的老人和携手散步的情侣，杂货铺前人们在卸载货车里的物品，骑着自行车、背着沉甸甸书包的年轻学生呼啸而过，有那么一个瞬间，若不是满街的日本文字，我恍惚以为回到十年前我生活过的中国小城。

街上几乎没有汽车，有时两三个绿灯过去竟然没有一辆汽车驶过，但即便如此，行人还是很规矩地等在红灯底下的斑马线旁。路边的柱子上贴着绿底黑字的"自行车事故激增"。

和我们站在一起的是一群五六岁的小朋友，戴着红色和黄色的小帽子，在两个老师的带领下，整齐安静得不像小孩。他们三个一列，手牵手，自己背着自己的水壶和书包，目光沉静而温顺。我突然想到早上为了让小米多几分钟的睡眠，替他穿衣穿袜。面对这一群与小米差不多大的小朋友们，我觉得愧疚无比。小米的水和零食全在我的背包里，他的背包里只放一包面巾纸。这就是我们中国父母惯常的行为，为了我们的孩子，总是包揽一切，做一切能够替他们做的事情，哪怕是穿衣穿袜这种本该他们自己去做的事。久而久之，很多孩子养成了懒惰和依赖的习惯。我们一定听说过，有些上了大学的孩子还没有自我料理的能力，碗不会洗，衣服不会叠，连洗脚水都不知道怎样倒。

这种教养方式，其实是在剥夺他们和这个世界磨合的能力，是在忽略他们的成长体验，是在减弱他们的生存技能。一个没有成长体验和生存技能的孩子，即便身体再健康，心理也是不健康的。这种不健康会导致他们在不得不脱离父母的庇护和小家庭时，对社会产生无可适从的恐慌和抵触，会导致很多无法预估的心理问题。

小米很快也发现了身边那群小朋友和自己的不同，他主动地从我的背包侧袋里拿出水壶放在自己的背包里。这是他在此种情况下的处理方式，孩子也有从众心理。但是，他站在我的身边，还是按捺不住自己，总是踢踢小石子，做一些挥挥手、揪揪我的背包带子或者东张西望的夸张动作，孩童的天性让他不能有一刻的安静。才几秒钟的时间，就引起了那群小朋友的注意。

日本的小孩子估计也被大人影响或者告诫，所以他们都是偷偷地从眼角瞄一瞄这个与他们如此不同的小孩子。但只要我们的目光一转到他们的方向，他们悄悄观察的目光就会立刻收回，装作若无其事地看向正前方。大和民族真是一个坚毅隐忍的民族，这么小的孩子们就已经学会了察言观色，遵纪守规。

绿灯亮起,我们和那群小孩子在斑马线上并肩而行。日本的小朋友们循规蹈矩,在一前一后两位老师的带领下,仿佛一块移动的整齐的红黄色块,向着彼岸前进。而小米,即便是牵着我的手,也忍不住蹦蹦跳跳,一路高歌前进,快到终点的时候,更是脱离了我的牵制,以极快的速度冲刺,然后转身站在路边朝着那群孩子开心地大笑。那群孩子和老师一同保持着静默而匀速的行进方式,保持着没有喜怒哀乐的面容,在绿灯即将闪灭之前走过了马路,走过小米身边,没有看他一眼。

我真的不知道,是从小让孩子压抑天性,遵从整个集体的意志,还是该尊重孩童的天性,让他们自由发挥、自在成长?在这个教育难题上,日本和美国走在天平的两个极端,却都做出了极好的表率。

但是,压抑要承受压抑的后遗症,自由也要付出自由的代价。

日本人极端极致又自相矛盾的性格,诚如人类学家鲁思·本尼迪克特在《菊与刀》中所写:"日本人既好斗又非常温和;尚武又非常爱美;粗暴又非常有礼貌;刻板又非常懂得变通;温顺又非常叛逆;高贵又非常粗俗;勇敢又非常怯懦;保守又非常热心于新鲜事物,他们非常在意别人对他们行为的看法，而当别人对他们的过失一无所知时，他们心里会充满了罪恶感。他们的士兵受到了彻底的训练，却又具有反抗性。"所以在日本既出现了野蛮毫无人性的二战战犯，也出现了极致展现自然美、人性美的宫崎骏和公然反对战争的崇仁亲王。

而在美国，从官方到民间，他们的影视、文学作品都在渲染极度的个人英雄主义，例如《美国队长》就是从儿童最喜爱的漫画书改编而来。当然，这样的自由是值得提倡，但是，如果人类的自由梦想不是架构在对自我的约束以及对他人他国甚至大自然尊重的基础上，那么，这样的自由迟早得付出沉重的代价。

在遵守社会公序良俗的前提下，尊重小米个性的发展，是我对他教育的一个根本原则。小米在中国属于偏"自由"的那类孩子。他知道必须在斑马线上等绿灯亮起才可以通过马路。但在绿灯下过马路时，他就可以随心所欲和即兴发挥，可以跑、跳和走，与目光坚定、脚步平稳、拧成一股劲儿的日本孩子一对比，一时之间，一仲一伯，却难以分出谁对谁错。

我们目送那群日本孩子走远之后，眼前就是吾妻桥Himiko水上巴士的乘船处了。普普通通的一幢四方形建筑，初看还以为是咖啡馆。接待人员看过订票确认信之后，也不需换船票，就招呼我们上船。接待人员站在岸边，冲着停泊在水中的Himiko喊了几声，大意是还有两个人呢。穿着白色制服的水上巴士驾驶员伸出头来也回喊了几句。原来我们就是那两个最后的乘船者。这一幕很像科幻片中历尽千辛万苦终于赶上诺亚方舟的场景，但是因为那两个微笑着招手相互通气的水上巴士工作人员，这个场景一点儿也不"未来"，甚至很有那种"通信基本靠吼"的原始喜感。

没有见过世面的小米早在看到Himiko水上巴士的第一眼，就已然激动起来。他一路欢呼飞奔向他梦中的宇宙飞船，要不是工作人员扶了他一把，他几乎是直冲进船舱的。Himiko水上

停在水面上的Himiko水上巴士

巴士外形低扁，曲线流畅，有着暗哑的金属颜色，一旦进入它的内部，却仿佛进入了精致清雅的餐吧。迎面是吧台和笑容可掬的服务人员，下了两级台阶，是流线形的餐椅和餐桌。只是不经意地抬头，才发现别有洞天：全景式玻璃天花板一路延伸成船体，成为可以眺望整个外部世界的三次元展望窗。听说，在夜间整个船舱会透出颜色梦幻的霓虹灯，令人恍若置身星际旅行之中。作为早睡一族，小米是无缘夜游星空了。

大厅的正面，立着《银河铁道999》的主角星野铁郎、美莫露和车长的立牌。行程中，躲在驾驶舱里的工作人员用这三人的声音一直在介绍沿路风景，可惜船上的人们都听而不闻。大家在窃窃私语，或者相互指点外面的景色。和我们坐在一起的德国父母为两个女儿点了茶和冰激凌，一路悠闲享用。这让小米转移了关注的重点，磨了很久，我才同意他去吧台。他拿着1000日元去，买了780元的两个冰激凌球回来，将220元零钱放在我手心，很享受地吃完了。

我们都知道孩子在朝着自己的目标行进的路途中，总是会遇到这样或者那样的诱惑，我们不能一味地要求孩子抵制和抗拒这些诱惑，我也不是受不了他那种艳羡地盯着别人美食的目光，我总觉得：在适当的时候，让孩子破个格，尝个鲜，也未尝不可。

我们大人也有这样的时候，例如抵制不了朋友圈中出现的精美美食图片，跑去人家介绍的餐厅大吃一顿，结果发现也不过如此，在下一次看到类似的美食图片时，就没有想吃的冲动了。倘若大餐真的如朋友所说的好吃得很，并且价格贵得要命，那我们在吃的时候愧疚感便会油然而生，甚至很长一段时间都避免进入类似的高档餐厅。

我亲眼看到小米拿到两个冰激凌球和220日元的零钱，面对服务人员拿出来推销的小型Himiko水上巴士模型时，虽然目光逗留了那么一下，却还是坚决地摇了摇头。那个小模型要990日元。在最后下船的时候，服务人员向所有的孩子又推销了一遍，很多孩子欢呼雀跃地买了，小米依然很坚决地摇头。我在他眼中看到了一丝难舍，作为一个母亲，在能力许可的情况下，我真的很想买给他，但是我压抑着自己没有表态。我要让他自己消化这种情绪，我要让他懂得面对诱惑要知道浅尝辄止。我们人生的旅途，每一步都要自己走，属于自己的成长历程才是坚实的。也许，这一步摆脱诱惑的脚步走下去会有些不适和痛苦，但只要走出来，天空就会更开阔一些。

沿岸的风景，真的没有什么特别的地方。大概因为天气的原因，我们看到灰褐色的天幕下，徐徐展现的是方方正正的楼宇和朦朦胧胧的树影，这跟中国大部分的城市比起来，真的没有特别的亮点，连小米都开始觉得无趣起来。如果是樱花季和枫叶季，Himiko水上巴士会更改航道，专门带你从水路游览繁花重朵的樱花和灿烂艳丽的枫叶，那种隔岸观光、水天相接、倒影重重的风景以及Himiko水上巴士从铺满落花浮叶的水面悠然而过的情境，自是别有一番情趣。只是今年天气较冷，我们穿着牛仔外套还觉得冷飕飕。日本天气预报网站的樱花情报说东京的樱花只开了三四成，所以Himiko水上巴士依然走原航道。

正在玩着自己手指的小米突然从沙发上跪立起来，朝着岸边激动地挥舞着双手。我惊讶地看向窗外，原来是一群小孩子。他们正在喂海鸥，一群青灰色的海鸥围着他们上下翻飞，或俯冲，或滑翔。整个世界还是灰蒙蒙的，但是因为这些可爱的孩子和飞翔觅食的海鸥，全景视窗的画面变得生动而活泼起来。

我偶尔带小米到公园里投喂和观赏鱼。因为水质的原因，那些鱼在水中一点都没有如鱼得水的灵动，呆板而失落，弄得小米也兴趣索然。眼前的这群海鸥让小米着了迷，他傻傻地挥舞着手，甚至拿起还剩下一些冰激凌残渍的空杯，期望能吸引那群海鸥。这没有引起海鸥的注意，倒是引起那群孩子的注意了。他们发现了Himiko水上巴士，立刻就发现了在水上巴士里跳着"疯狂摇手舞"的小米，于是他们停止喂海鸥，开始朝我们挥舞他们的小手，有的孩子甚至脱下头上的红黄色帽子朝我们挥舞。不知道是因小米的举动，还是因岸边小孩子的举动，船里的孩子们也开始挥手，伴随着海鸥的鸣叫，彼岸和此间一片欢笑声和尖叫声。从那对德国父母开始，船舱里的大人也开始加入这场盛大的挥手游戏中，即便内敛如我，也忍不住高举双手挥动，并开怀大笑。

挥手这个动作真的具有神奇的引领作用。当你轻摆单手，脸上不由自主地就会露出王妃一样优雅的笑容，展现电影明星一样从容的气质。而当你高举双手，就忍不住开怀大笑，高声尖叫。王妃和明星遥不可及，但是优雅和从容，却潜藏在我们孩子的身体里，只要你常常让你的孩子朝别人友好地摆手并且微笑，优雅从容的气质渐渐地就会如魔力般显现了。在孩子们集体玩闹的时候，不要遏制他们的大笑。大笑不是失态，是孩子们表达快乐的方式。他们的嘴巴咧得有多大，笑容就有多灿烂，心情就有多快乐；笑得有多开心，就证明他们的快乐宇宙有多大。

我们大人苦于社交上的礼仪，很少大笑，所以从没有如孩童那样彻底地快乐过。如果你在听一场演唱会，当歌者请你举起双手，跟他一起唱的时候，一定不要错过那样的机会，你会知道，大笑，尖叫，甚至大声唱，会让你的身心一下子通透起来。以前我看到有些人听演唱会听到泪流满面，会觉得特矫情。后来才知道，当你全身心地融入那种氛围中，当你听到自己内心的声音时，眼泪会不知不觉地流下来。不是为他，只是为那一刻、那一秒，为睽违的自己。

Himiko水上巴士朝那群孩子越驶越近，那群海鸥几乎就飞翔在我们的头顶，可见东京的这条内河道有多狭窄。突然我觉得那群孩子似曾相识，红黄色的小帽子很熟悉，似乎是那群跟小米一起过马路的小朋友。再仔细看一眼，真的是他们。难怪小米同学这么激动，原来他已经把那群红黄帽小朋友当成旧友了。我之所以一直没有认出这群孩子，是因为此刻的他们与十几分钟前过马路时完全不一样。这让我想起三年前，在南京绿皮火车窗外的那群孩子，因为情景如此相近。无边的快乐、灿烂的笑容、对同龄人天然的亲近和友爱，是孩子们与生俱来的天性，无论有多少人为的约束和限制，都会在某个时刻尽露无余。

暂别之后的重逢，更改不了Himiko水上巴士航行的速度。浪涛再绚烂也会归于静水无痕，相望再欢乐也会散在人生无际。我们与那群可爱的孩子越离越远，终于远到彼此都见不到彼此的身影，于是挥着的手渐渐停下来。

因为那场欢乐的"挥手舞",小米与邻座的两个德国小朋友热络起来。他竟然教她们玩中国式的石头剪刀布,在语言不通的情况下,那两个德国女孩竟然学会了。他们玩石头剪刀布的目的是谁赢了谁就可以躲起来让另外两个孩子找。孩子们之间的交流,大多数时候,语言不是障碍,真正有障碍的是文化。譬如昨天在迪士尼乐园,小米向日本兄妹三人搭讪,就没有得到回应。我担心德国人会不会对他们的女儿被小米带领玩躲猫猫觉得难堪。毕竟钻来钻去爬来爬去,对皮猴儿小米来说是常事,但对于一向以严谨著称的德国人会不会显得出格?何况那两个女孩儿干净整洁,粉嫩得像两个小公主。当然,我错估了这一家子德国人。全程,他们都很有爱地看着女儿们和小米玩,甚至在小米找不到人很焦急的情况下,朝女儿隐藏的地方偏偏头挤挤眼,暗暗地给小米一个小小的提示。在女儿被突然蹿出的小米吓得失色的时候,他们爆发出哈哈的大笑声,眼神坚定从容地看着女儿,让惊呆的孩子懂得小米的善意和友好,也随之哈哈大笑。

 驶向未来的Himiko水上巴士

躲猫猫大概是全世界的孩子们最喜欢的游戏之一了。孩子们不亦乐乎地玩了十几分钟,相互之间已经熟悉得牵手搭背了,但是,星野铁郎的声音打断了他们的游戏。星野用极具煽动性的声音招呼大家上甲板,那种语气,如果你听见过日本电视台购物频道推销员的声音和语气,就一定能够明白了。

我们中德两家用各自的母语跟孩子们解释了一遍,孩子们雀跃起来。广播中星野还在卖力地蛊惑,我们全船的人已经通过翻盖式的出口,拾阶而上。才探出头,一阵凉风迎面拂来,清凉的水汽打在脸上,很是舒爽。小米还没有爬上去,就发现了一架黑黄相间的滑梯,爬到顶上,哧溜一声滑下去。两个德国女孩儿想要效仿,工作人员已经揪住了始作俑者小米,笑容可掬地告诉他这是特殊通道,不是滑梯。我趁机把小米拉到一边,警告他,明黄色代表着警告,凡是明黄色或者明黄条相间的地方,都不得随意触碰和占用,能远离就远离。

孩子对危险是没有意识的,完全靠家长的不断强化和灌输。我小时候见过颜色亮丽的黄色毛毛虫,触碰之后皮肤会又痒又疼,所以我知道艳丽的色彩其实是一种严厉的警告。但是我们的孩子没有这种疼痛教训。我告诉小米:马路上的单黄线和双黄线,汽车轮胎是不能触碰的。但是每天总是有那么多汽车在他的眼皮底下,公然碾压,甚至直接停泊在黄线上。这种现象让孩子们失去辨识的能力,以至于让他们觉得种种警告即便是触犯也没有多大的关系。我们当然不能指望有一天他在这些危险里得到教训才幡然悔悟,如果那样的教训太过沉重,沉重到我们都承受不起，那么后悔的会是我们自己。

　　我们现在所能做的就是不断地强化，甚至有些时候要提前利用一些惩戒来让他们明白：警告是绝不能触犯的。譬如现在，我就堵在翻盖式出口的狭窄楼梯口坚决不让小米上甲板。惩戒时长是十分钟。对于一个六周岁的孩童来说，甲板上的习习凉风，海鸥的声声鸣叫，其他孩子们的惊呼，大人们的惊叹，具有多么大的诱惑力啊。小米极力想从我身体的空隙挤上甲板，我左闪右闪就是堵着门不让他上去，一大一小两人好像在进行一场角力比赛似的比拼彼此的耐力和体力。我累得气喘吁吁，路过的工作人员和游客很惊奇、很不解地看着这一幕，小米期望我在他们的目光中会提前结束惩戒。但是我显然置面子于不顾，看着表，掐着时间，绝不让他得逞。到五分钟左右，他放弃了抗争，很安静地靠在门边，歪着头通过全景窗，看着风景。等到我一发出惩戒解除的指令，他马上像个小猴子似的蹿上了甲板。小米压抑太久的情绪一上甲板就爆发了，"哇——哇——"地乱叫，可惜已经有很多人受不了迎面而来的强烈的凉风，走入船舱去了，包括那两个德国女孩儿。

　　没有了伙伴，小米依然玩得不亦乐乎，双脚离地吊在栏杆上，各种惊险动作轮番上演。背景是翻飞的海鸥点缀的铅灰色天幕，凉风拂动他的额发，让我想起《银河铁道999》中的铁郎，那个小眼睛大鼻子的小男孩。星野铁郎为了换一个机械身体，投入了一场没有回程的星际旅行，他经过各种星球，遇见各种人，经历各种事件，有的人和事在窗外一晃而过，有的人和事却参与到他的生命中，让他刻骨铭心。这些人和事，不断地累积和发酵，让这个叫星野的孩子不断地成长，内心不断地成熟。当他最终抵达了终点，发现他曾经努力追求的永恒的机械身体，对于他已不再有任何意义。"再会，梅德尔。再会，银河铁道999。再会，我的少年时代。"于是他长大了，他明白了曾经努力要摆脱的鲜活的身体和真实的体验，才是最值得他珍惜的。成长的蜕变难免经历剧痛。原来，我们经历了整个宇宙，最终找到的，是一个丢失的自己。也许，这就是每一场旅行带给我们的回馈。不是为了某个目的地，只是在不断行进的过程中，我们拥有了丰沛的情感体验。

听说在2015年3月19日到4月4日的半个月时间里，西武铁道线上将能看到描绘着《银河铁道999》的"痛电车"。《银河铁道999》对于原作者松本零士而言也是充满了感情的作品。他曾经说过："这部作品是基于我的真实体验所创作的。对于不可预知的未来，我们只有通过自己的力量来打破局面，创造美好的明天。我希望这个想法能够被介绍给日本的家长以及孩子们。"因为行程的关系，小米没机会体验"银河铁道999痛电车"。

我们不得不承认，日本动画取得了斐然成就，宫崎骏、新海诚和松本零士这些大师探讨了人与自然、人与科技、人与文明的磨合以及冲突和战争，他们独立而深入的思索包括了我们整个社会的种种问题——污染、战争、侵略、掠夺。他们就是日本文化中的"菊"，悠然地绽放着，反对战争和掠夺，给予日本的孩童美好的观感和熏陶。

在信息交换日益便捷的今天，高于民族精神的文化和文明的流淌更加顺畅。今天我们的孩子可以欣赏上一个时代的大师如宫崎骏和松本零士对自然和人类的沉淀性思索，也可以领略到新时代新贵新海诚纯粹精致的情怀性展现。就像这一秒钟，小米站在来自我们那个时代动画电影中的Himiko水上巴士的甲板上，吹着这个时代的风。不同时代的人，不同国家的人，不同文化中成长的人，对自然、对美、对人类最基本情感的诉求是没有隔膜的。这种情怀永存于世，是本能，是天性。

让小米再次欢腾起来的是远远驶过来的一辆双层水上巴士。这是东京都观光汽船株式会社的最基础的营运巴士，在Himiko水上巴士航运之前，从浅草到台场的水上交通，一直由这种水上巴士在穿梭主宰。水上巴士上的人们对我们这艘气派的水上巴士很是羡慕，早早就端着相机，举着手机，不断拍照。跳着脚挥手的小米成为他们的焦点。他们相互挥手招呼，指指点点地看Himiko水上巴士和甲板上这个似乎在翻筋斗的外国小孩儿——因为只有外国小孩儿才这么活泼。大概是因为氤氲的水汽和温吞的天气，以及沿水路而徐徐铺展的沿岸风光的缘故，不止小米表现不同，就是对面甲板上那些穿着西装、背着方方正正公文包的上班族也都换了一副模样，一个个兴高采烈地站在甲板上。我在相机镜头里看到一个四十多岁的男人挤眉弄眼地朝小米做了一个鬼脸，然后自己被自己逗得哈哈大笑，小米也跟着哈哈大笑，连两条船之间的波浪都被犁开了一浪又一浪的笑声，快乐地拍打着船身。这跟东京地铁里的沉闷情形简直是天壤之别，仿佛这海风和海浪都具有疗效似的。如果东京的上班族们都乘水上巴士上下班，一定会少了很多抑郁症患者。

　　Himiko水上巴士在途中会在日之出栈桥作短暂停留。水上巴士靠在延伸至海面的栈桥，让旅客们上下船。在栈桥的不远处，停泊着一艘碧瓦鎏金、玄底丹身的大船，扬着巨大的琉璃帆，将船身周围的水面都映照得红彤彤一片，豪华气派得令人触目惊心。那应该就是战国时代的战船，到了德川时代、江户时代，成为专供天皇、将军、诸侯等贵族乘坐的御座船。御座船今日已经开辟为极具日本风情的观光和用餐船只，成为历史的遗迹，成为现代东京的一部分。小米认真地欣赏着这艘大船，认出了船上他唯一认识的三个阿拉伯数字"508"，那是该船的核定载员人数。这大概是东京港内最大的一艘御座船了。

水上巴士朝着目的地台场继续航行,"瞧!桥!桥!桥!瞧!"在小米连声的惊呼中,举目远望,果然远远地一座大桥展现在我们眼前。那就是东京最浪漫的地方之一——彩虹桥了吧?巨大的白色桥身由密集的钢缆牵引而成,形成完美流畅的曲线。桥分上下两层,上层是高速公路,下层是普通公路、临海干线和人行道。听说到了夜间,整架彩虹桥通体光华璀璨,仿佛一条钻石项链横跨在东京湾之上。这并不是虚传,在东京都厅被东京夜色震撼住的我们百分百地相信。

到达东京之后,基于小米的爱好,我们没有走寻常路。我也不是日剧迷,东京塔、彩虹桥、摩天轮等日剧中男女主角倾诉衷肠、争吵分离、久别重逢的场地,我们只当作寻常风景,一晃而过。倒是身边发生的那些新鲜生动的人和物,瞬间的亲近和嬉笑,短暂的快乐和悲伤,让小米的旅途每一分钟都惊喜迭出,精彩纷呈。

"桥上有火车!看,火车!"小米的手指指向彩虹桥的桥身。恰在此时,一辆"百合海鸥(Yurikamome)号"轻灵地滑行过来。对于小米来说,高铁、地铁、轻轨、电车一概分不清,都是火车。

"百合海鸥号"是新都市交通的一条无人驾驶的电车线路,从新桥站始发,连接台场地区各站,终点站是丰州。"百合海鸥号"有舒适的车厢和观景车窗,沿途会经过彩虹大桥,可以眺望东京湾和台场的风光。我们的船悠悠地靠近大桥,"百合海鸥号"快速地滑过桥身。在行将交集的那一秒,我们清清楚楚地看到轻轨列车的全景透视大窗前人头攒动,挤满了观赏风景的游人。我能想象当轻轨列车穿过桥身,窗外的风景和桥身的钢缆受速度和弧度的影响形成的涡流错觉,会是一场时间和空间相交汇的绝美光影盛会。如果不是行程紧迫,时间有限,我一定会陪着小米去感受这一场盛会。

我们享受海风徐徐、水流缓缓,"百合海鸥号"居高临下呼呼生风,交错刹那,空气中微微传来远古风铃一样的清脆震颤。一场水路与陆路、快与慢、高与低、时间与空间、现代与未来的交集转瞬即逝,于是Himiko水上巴士和"百合海鸥号"上的乘客在彼此艳羡的目光中各自赶赴下一道人生风景。

穿过彩虹桥,遥遥地看到了小自由女神像的背影,终点站——台场要到了。当Himiko水上巴士缓缓地靠近码头,工作人员将缆绳牵引到岸上并拴起来的时候,小米欢呼起来。孩子们就是这样,他们很享受过程,也期盼结果,并对每一个可能的结果都欣然接受。小米很快乐地与德国小朋友摆手再见。再见再见,即便再也不见,他也不悲伤不难过。人生中谁不是过客?只有我们太在意结果,才会沉沦于分离的惆怅情绪里。

上岸之后,迎面就是台场海滨公园。公园里悠闲的人们在散步、遛狗、野餐,海边有人垂钓、吹海风,与国内普通的海边小镇的气息如此相似。但是只要上了"之"字形的几段台阶之后,眼前忽然就换了一重天地,浓重的商业气息扑面而来。到处是商场,有购物欲望的人到了这里一定走不动路。在这里,可远眺世界上最高的摩天轮,近处则是富士电视台、电信中心。

小自由女神举着火炬,默默地耸立着,背景是高耸的楼房与繁忙的港湾

小自由女神举着火炬,默默地耸立着,背景是高耸的楼房与繁忙的港湾。如果不是背景中东京独有的彩虹桥,真的会让人恍惚以为来到了哈德逊河湾。日本人在学习方面的劲头儿永远是那么十足,即便是模仿,也要惟妙惟肖、精准到位。二战后,日本迅速崛起,与他们低头向西方文明借技术和借方法密不可分,甚至在社会制度、生活方式方面也

是选择最先进的加以引进并传承吸纳。对于打败了他们的美国人，他们不但不憎恨抵触，反而拼命地照搬美国最好的东西，搬不了的就敲碎了消化吸收。日本的汽车渐渐地开到了欧美国家的马路上，日本的电器渐渐地进入了欧美国家的厨房，日本的摄影器材渐渐垄断了影像市场，日本的摄影动画渐渐地以温情和人文关怀吸引了全世界儿童和怀有童心的大人的目光……也许，最好的对立不是横眉冷对，最好的仇恨不是老死不相往来，而是默默地学习，发力，然后超越。最好的反击不是将别人踩在脚下，而是将别人甩在身后。

东京湾里波光粼粼，难得的阳光闪现出来，照耀着停泊在岸边的Himiko水上巴士，反射出金属的光晕。在工作人员的指引下，游客正有序地从翻盖式的船舱入口鱼贯而入，这一趟Himiko水上巴士将要返航，目的地是浅草。浅草与台场，一个代表着江户时代的风情，一个呈现着东京现代的繁华。Himiko水上巴士不是未来之船，它是一艘在东京的历史和现代之间往返穿梭的船。

对于小米来说，Himiko水上巴士才是未来之船，它打开一扇窗，让他看到了无限的可能。他从我们的过去中走来，成长在现代，而整个未来都是属于他的，属于两个德国小女孩儿以及那群戴红黄帽的日本小孩儿的。

整个世界的未来属于世界上所有的孩童。

从台场最著名的商场Aqua City穿行而过的时候，GAP的营业员送给小米一个蓝色的气球，这种营销模式在中国已经遍地可拾，小米也心安理得地接受了。在日本，GAP也算平民品牌了，竟然在春季打五折，可惜我们没时间购物。小米已经展现出小男士的特质，对购物毫无兴趣，早已经随着气球蹦蹦跳跳地跑到门口去了。我紧追上去，今天不是节假日，Aqua City里人不多，但是门很多，一旦小米从我眼前消失，寻找他将要花费旅行中宝贵的一部分时间，时间容不得浪费。在我们的旅行计划中，下午我们还有一场期盼已久的三鹰市立动画美术馆之行。

从Aqua City走到马路上，我们朝着台场海滨公园站进发。路上遇见一家日本饺子馆，透过贴满广告标语的玻璃门，里面客人满座，人人都埋头在碗里，吃得热气蒸腾。看到这，小米就走不动了。我一看腕表，也到了午饭时间了。两人拉了门就走进去。

迎面的吧台上没有人，小黑板上写着广告语，我认出了"饺子半额"几个字。但是吸引我们的不是那几个字，而是人人面前那种海碗海量的面条。我们站在狭窄的过道上，被身边路过的几个食客挤得立足不稳。穿梭往来的瘦削美丽的服务员头上绑着布条儿,高声地向我们吆喝招呼,后来才明白那是让我们去吧台点单呢。自始至终,无论店堂里人满为患到何种程度,店里也只有一位服务员,担当了收银、点单、服务和整理的所有工作,反而是开放式厨房里站着三四位厨师。服务员手脚麻利得令人眼花缭乱,厨师们也忙得不可开交。当两碗色彩缤纷的面条放在我和小米之间的小桌子上时,当服务员百忙之中还抽空特地给小米配备了迪士尼的小碗、小勺子和小叉子时,当一阵鲜香的气味蒸扬到我的嗅觉中时,我知道那些忙碌都是有原因的。所有的付出都有所回报。

汤头是一碗面条的灵魂所在,再配上酱牛肉、半熟鸡蛋、速冻豌豆、玉米、蟹棒、日式酱萝卜、葱花,色、香、味皆属上乘

我刚刚尝了一口浓稠的白汤,舌尖一颤,味觉风暴已经席卷我的全身。这是真正的豚骨汤面!汤头是一碗面条的灵魂所在,再配上酱牛肉、半熟鸡蛋、速冻豌豆、玉米、蟹棒、日式酱萝卜、葱花,色、香、味皆属上乘。真正的美食永远不在高堂大屋,而是在这些街头巷尾的小店里。

除了豚骨汤面的色香味,深

深震撼我们的还有我们左右前后的身着正装的日本食客。日本人吃面好像都经过训练一般，都有个统一的姿势，将头深深地低下去，在热气中看起来好像都埋头到碗里去了。他们专注而认真，绝对不左顾右盼，好像无论身边发生什么惊天动地的事情都影响不了他们吃面这么庄严神圣的事情。最震撼人心的是他们发出的唏哩呼噜的吃面声，一个一个比赛似的。弄得小米在此起彼伏的唏哩呼噜声里也跟着唏哩呼噜地吃完了整整一大碗面，连汤都不剩一滴。

这是一顿偶遇的完美的午餐，也是我们在日本吃到的性价比最高的一顿饭。旅途中，往往一个随心而至的决定，会带给你一个很大的惊喜。人生的每一天都充满了各种未知的可能，但是要记住，随时保持初心，像孩童一样，做好迎接惊喜和惊讶的准备，那么最差的不会打扰你，最坏的也不会打倒你，最好的却总是会打动你。

汤足面饱之后，小米仿佛充满了能量似的，小脚板走路虎虎生风，再也不需要我催促了。我们路过一间警察值班室，两个警察穿着制服挽起衣袖，正在给一辆警车仔细地打蜡抛光，车库里晾着各种抹布和铁桶、拖把。做日本的警察真不容易，但是警车应该是豪车。

穿过一座天桥，就是台场海滨公园站，我们刷西瓜卡乘地铁到新桥，从新桥乘JR山手线过神田，再换JR中央特快线。这一路紧赶慢赶，进出站，换线，找站牌，随时得紧紧跟随小米忽隐忽现的小身影。

 **风之散步道**

一个半小时之后，我们站到了三鹰站的站牌下。

进出站的人明显比新宿站、浅草站的人少了，乘客面容轻松，脚步悠闲，一时让我怀疑是不是站在日本的土地上。刷卡出站，迎面站着一个20多岁的青年，举着一张纸牌，不停地在说日语。仔细地看他手中的牌子，有几张猫咪的图片，将几个认得的字联系起来，大约是关于捐助抚养流浪猫的。从口袋里摸出硬币，小米叮当地放到他的捐款箱里。我这才想起来那一共是500日元。小米做了慷慨之举，换来青年无数个鞠躬和道谢。

作别这位青年，我们站在高高的站台上，突然有些茫然无所适从。明明一个小时前我还牵着小米朝台场海滨公园站狂奔，半个小时前我忙乱得差点走错站台坐错电车，就算在半分钟前我还下意识地从手机里调出Google地图，确定自己将要到达的三鹰市立动画美术馆的方位，以免错过预约时间。但是，现在这一秒,我们仿佛走错了时空,三鹰县的时间好像慢了半拍。如果新宿是步履铿锵的都市摩登丽人,浅草是身影袅娜的古代大家闺秀,三鹰就是那个清浅宁静的文艺女子,不喧闹,不风情,只是浅浅淡淡地微笑,不急不躁地,一直等在这里。

三鹰就是那个清浅宁静的文艺女子,不喧闹,不风情,只是浅浅淡淡地微笑,不急不躁地,一直等在这里

我们的生命如此短暂,以致我们如此珍惜每次难得的旅游机会。我们严格地按照密密麻麻的游览计划,坐车乘船,这一站还没有欣赏完又要赶往下一个景点,这一程还在途中又开始规划另一个出发的日期。我们总是紧张得喘不过气来,生怕错过一个景点,漏掉一个遗迹。我们走马观花地路过那些静静地等待着我们的自然、历史、古迹,路过那些不经意的人,路过

那些偶然的事。我们恨不得不眠不休，来将这个世界囫囵吞枣地看过。但是，看过之后，又有几人能看透？

在节奏缓慢的三鹰，连小米的脚步也跟着慢了下来。他站在一家鲜花店门前，欣赏那些美丽的生命。包扎得精美而雅致的花束和自然蓬勃的植物们，令人很有带它们回家或者将它们送给自己爱人的冲动。在最角落位置的几只铁皮桶里斜立着几枝折枝樱花，将开未开的早樱，用简单的塑料纸包扎，与那些浓妆艳抹的花儿相比，寡淡而单薄，安静得令人怜惜，每一束只需1050日元。如果不是身在异乡，我一定忍不住跟老板娘豪迈地说："给我来两捆！"

小米远远地看到龙猫公交站台，激动得尖叫起来。而我也差点跟着尖叫起来，不是因为著名而经典的龙猫造型，而是公交站台前面100多平方米的空地上，竟然排列着一溜圈的小摊点。在日本看到这样散落的摊点真是不容易，简直跟碰到天皇出巡一样难得。

小米在站台仰着脑袋看龙猫的时候，我已经靠近了摊点。摊主们主要是家庭主妇。有些人穿着传统的和服，头上扎着叠得整齐方正的头巾，脸上露出和善的笑容。卖的都是手工制品，如维多利亚风格的首饰、亚麻布的收纳盒、折扇、纸伞、风筝、人偶，手工精巧，风格突出。通常都是成系列的，买了一个，舍不得剩下的那几个。还有新鲜出炉的手工酱！家家摊位都让我流连忘返，正当我捧着钱包难以抉择的时候，发现摊主开始收拾打包了。我连忙询问，唯一的一位帅哥用英文告诉我，他们的正午售卖会结束的时间到了。我一看表，还有两分钟到下午两点。日本人真是遵守规则，面对着我这样一位钱都掏出来了的目标客户，还自顾自地打包。我死皮赖脸地简直跟抢劫一样地分别在两家摊主的手里"抢"了四瓶手工酱、一个手工首饰盒。还有一位收得慢了的，我要买她的折扇，她不停地跟我鞠躬道歉，请我明天早些来买，可就是不接我的钱。我只好眼睁睁地看着他们将一件件我心仪的物品收入小推车内，再一个个鱼贯走入一条小径，最终消失在小径幽深的视觉点上。我身边的空地上干净得一粒灰尘都看不见，要不是我手中的几瓶酱和首饰盒，我真怀疑这场不期而遇的午间手工特卖会和那些头上扎着头巾的家庭主妇们是我凭空臆想的一场虚幻。

小米觅我而来，我们坐在小广场的圆形石墩上，用一次性勺子现场解决了一瓶草莓酱。草莓酱有满满的草莓肉，醇香浓稠，甜而不腻，香而不齁。吃完之后，非常后悔，买少了。又非常担心，不知道这几瓶玻璃瓶装的草莓酱是否能安全托运回国。

但是这种后悔和担心的情绪很快被眼前那道深邃无底般的隧道给消除了。那条道路就是摊主们离开的路。他们离开时的画面那么神奇，仿佛是某个来自天外的神秘氏族，来这人间作一趟短暂停留，转眼又归隐于属于他们的世界。而这条道路就是他们来往世外和人间的唯一甬道——风之散步道。

这是一条完全从宫崎骏电影里复制到现实中的道路，站在路的尽头，仿佛听到风儿穿过树梢，迎面拂来。最终，在乘龙猫巴士和御风而行之间，我们选择了后者。

刚开始小米有些不情不愿，但才走了两米，他就开始沉浸在宫崎骏电影的氛围里。三鹰的慢节奏，慵懒的午后，安静的道路，阳光金闪闪地挂在长满了春芽的树梢上，幻化出点点光圈，将我们笼罩在内，洗去了这一路的疲乏。一边是密密的树层，树层中只听见潺潺溪流声。另外一边是一栋一栋独立的私宅，门口竖着信箱和主人的名字，每一家都寂静无声，关门闭户，只有门口新鲜的车辙和才洒过水的鲜花。谁知道会不会从一扇安静的窗户里蹦出一只叮当猫？又或者从一扇紧闭的门背后闪出一个无脸人？甚至从那间树影婆娑的院内冲出哐当作响的哈尔城堡？

小米蹦蹦跳跳，开始与路边的石墩们玩游戏。它们是一群安静的士兵，等待他的检阅，他一路抚摸，并祝贺其中几位获得了圣战勋章。

幽深的树层中突然斜挑出几点灿烂的春光来，定睛一看，竟然是樱花！这个时候开的一般都是早樱，并不特别艳丽，可是都娇俏喜人。一朵一朵，仿佛才五六岁的孩童，懵懂地打量着这个世界，展开自己的小小的笑颜。这样的小清新和小青葱，才是最自然和最美好的吧。

流水一样惬意的行走中，除了早樱，还有意料不到的惊喜。每300米左右就有绿色的龙猫指示牌，标注着三鹰市立动画美术馆的方向和距离，所以走在这条路上的人，即便是我这样初到的旅人，脚步都那么悠闲。这是因为心里一直很笃定，不用担心在异乡迷路。

其间看到一块龙猫指示牌有些特别，一只白头鹰下面写着"山本有三纪念馆"。山本有三，是以《路傍之石》《米百表年》而闻名的大正时代末期的作家、剧作家。果然离此50米的地方，有一座铜铸的《路傍之石》的纪念铭文。抬头一看，一面杂砖装饰的矮墙围绕着一栋欧式风格的二层洋楼，想必这就是山本有三纪念馆了。小米在馆门口跃跃欲试，可是门口却竖着"今日休息"的牌子。显然，我们赶得不够巧。也许我们错过了一场文学沙龙或者主题展览，更无法亲身感受一下大正时代的浪漫情怀。但是因为有三鹰市立动画美术馆的感召，这些遗憾很快就随风而逝了。

其实，就算没有美术馆，就是眼前近处的那些小惊喜也足够让小米的想象力一路驰骋无拘。一户人家的大玻璃飘窗的角落里，随意散落的橡果中，卧着一辆龙猫巴士呢。小米羡慕地把脸贴在玻璃上，注视了那辆巴士很久。在他的想象中，他一定乘坐那辆巴士去了很远的远方了吧，直到我把他拉离了那块玻璃，拉离了他想象中的奇妙世界。

一户人家的大玻璃飘窗的角落里，随意散落的橡果中，卧着一辆可爱的龙猫巴士

沿途散落的咖啡屋，初看与平常私宅无异，只是玻璃门上挂着风铃，写着"CAFÉ"字样，门前更是冷落，毫无顾客出入的样子。令人怀疑，这样的咖啡屋开在这样一条路上，只不过是主人坐在屋前，品咖啡、听风吟的一个借口而已。偶尔会有一个干渴极了的、迷了路的旅人停留，这位主人就会起身，微笑着送上一杯现磨咖啡。为一个陌生人的旅途添上一杯咖啡就是他此生最大的福祉。这何尝不是一种极致的幸福？这种幸福就是日本文化中"菊"的一面。

我们拐了一个弯，蓦然风景转换，参天大树带着森林特有的草木气息扑面而来，一座铭牌上写着"井之头公园"。井之头公园远离东京，这座曾经的皇家御园以净土而著称。大树之后隐约传来嬉闹声，那儿有一座用高大纱网围挡起来的球场，孩子们在挥汗如雨、追逐嬉闹。小米仰着脖子观察每一棵大树，思考哪一棵才是梅和皋月遇见龙猫的，哪一棵是龙猫带着她们坐在上面吹埙的，哪一棵才是龙猫送的种子种出来的。这个时候，我们真的听到了埙呜呜的声音，啊，这一定是哪位街头艺人在表演吧，这家公园常有技艺精湛的艺人表演。以一曲干净明亮的曲子《樱花》走红的森山直太郎，未成名之前就在井之头公园的樱花道上抱着吉他自弹自唱。

正当我们沉醉在这美景中，身边的大树上突然闪下一道灰色的身影。小米定睛一看，竟然是一只小松鼠！他压抑住冲到喉咙的惊叫，惊喜地盯着这只从天而降的小精灵。那只小松鼠仿佛《龙猫》中的小龙猫，以为我们是看不见它的呢。因为它镇定自若地坐在地上的落叶中，蓬松的尾巴高高翘起，两只前爪抓起一只橡果，送到口中，上下唇极快地开闭，丝毫不在意我们的注视。直到身后一辆汽车经过，路面的震颤才惊得它哧溜一声钻到森林深处去了。

小米已经抬腿顺着那条直入公园的小路走过去了。看看小米现在的神情，光是这座公园就有太多太多等着他去挖掘和发现的神奇事物了，可是我还没有忘记我们此行的真正目的——坐落在井之头公园里的三鹰市立动画美术馆。

幸而一抬眼，最后一块墨绿色指示牌近在眼前。指示牌上是大中小三只龙猫，小米一看到他最钟爱的撑叶小龙猫也在此列，就明白，最新奇的画卷即将展开了。

 风和光自由出入的地方

世界上没有令人一眼就爱上的胖子，龙猫除外。世界上有许多令人一眼就爱上的大叔，宫崎骏就是其一，而且他是最慈祥的那一个。

2014年11月8日晚，73岁的宫崎骏被授予奥斯卡终身成就奖。获奖实至名归，作为小小宫迷的小米同学也高兴了一把。

宫崎骏的动画世界至纯、至美、至善，充满热情、幻想与希望，这一切源自73岁老人胸腔内一颗热烈勇敢的心。宫崎骏成长在战争中，拥有坚毅的性格和永不妥协的奋斗精神。宫崎骏的动画是日本动画界的一缕清风，一扫"刀"式武士文化带来的争斗和杀戮，清新自然。他的每一部片子都如他的画风一样清透无瑕，带有莫奈式的空灵和纯净，又彰显梦想、自由、自然、环保等主题，他也是第一位将动画上升到人文高度的思想者。虽然宫崎骏出生于飞行世家，却在自己的动画片中以一种温暖人心的力量反对战争。吉卜力工作室出品的动画是唯一能够和迪士尼、梦工厂三分天下的。

位于日本东京三鹰的三鹰市立动画美术馆，是宫崎骏亲自设计的一座建筑。设计之初，他曾经说过："在这个美术馆，风和光都能自由出入。"在整个馆内，大到整个建筑的造型，小到每一株小草的栽植，处处都显露出宫崎骏式的风格，那就是自由、自然和自在。

因为美术馆每天接待的人数有限，门票都必须在网站预订。日本当地的LAWSON超市有专门的售票机器也可以预订。

位于日本东京三鹰的三鹰市立动画美术馆,是宫崎骏亲自设计的一座建筑

美术馆每天只接待四批次参观者,时间分别是10:00,12:00,14:00,16:00。我们出发之前二十多天预订的时候,已经很晚了,所有前面三个时间段的名额都被预订完了,所以我们只好无奈地选择了16:00这个时间段。

人生的路途上,每天都会做许多的选择题。有些时候,有些选择,并不是我们心仪的。但是,我们不要失望,每一个无奈的选择之后,上天总会弥补一些意外的惊喜给我们。这一次,也毫不例外。

因为离16:00的开馆时间还早,我们还来得及细细地、好好地打量一下这块日本动画片的圣地。

小米看到售票窗口玻璃窗内端坐着一只龙猫时,已经迫不及待地冲了过去。我自然以为他是冲着龙猫去的,但是他蹲下了身子。在他的身前,窗口下一个小小的洞里,是几只大眼睛的煤球精灵。小米与煤球精灵们对视了足足有两分钟之久,大概是经过了数轮默默无语的对话之后,才恋恋不舍地站起身来,看着眼前这只巨大无比的龙猫。龙猫端坐在松果中,一副憨态可掬、泰然自若的模样,衬着玻璃上倒映的满目扶疏树木,真的有身临其境之感。下一秒钟,我们是不是就可以和它一起坐在树梢上吹一曲埙歌?

小米与煤球精灵们对视了足足有两分钟之久

我们顺着一条碎石子路转到美术馆的另外一面去,看到参观完的游人陆陆续续走到出口。

门口的面包店烤着很香的面包。因为考虑到馆里一定是不给带食物的,所以我们最后没敢买面包。咽了几口口水,回到正门,一看,才离开几分钟而已,就已经排起了足足有五十多米长的队伍。日本人排队真是迅速又果决。小米同学这个时候要上洗手间，等他解决完，队伍已经看不到头，在屋角折了一个大弯。有工作人员专门在门口长长的雨篷下维持秩序，对小朋友有特别的照顾。所以一到点开门放客之后，队伍很快就逐渐地消失在门口里了，一点都没有拥挤、喧哗。我们手中拿着预约信，换成了一张胶片入场券和一张手绘美术馆地图，然后随着人流，就像两尾鱼一样游进去了。但是工作人员还是将我们单独拦住了，礼貌地告诉我们危险品是不能带进去的。我们身上唯一的危险品是小米手中的蓝色气球，从台场一路被他捏在手中。因为已经听到宫崎骏电影的入场广播了，他很听话地让工作人员帮他的气球在一间储物柜里找到了容身之所，工作人员给了我们一块木质的储物牌，镂刻着"20"。

刚走进美术馆，眼睛还没有适应馆内的光线。但是显然小米比我更能适应一切，当我还在努力分辨方位的时候，他已经找到了美术馆的漫画阅读处，坐在那儿快速地翻阅了一本《风之谷》。

戴着耳麦的工作人员站在小剧场的门口，招呼小朋友们进场看电影。在这个孩子们更容易进入状态的地方，小米快速地摸到了队伍的末尾。我在利用顶棚的光线看手中的胶片，场景太小了，好像是《千与千寻》中汤婆婆的画面，又仿佛是《哈尔的移动城堡》中老年的苏菲。小米仔细地看了看自己的胶片，在我期待的目光中他很肯定地说："我看不出来。"看来我们需要用到美术馆二楼的胶片机了。

小剧场真的非常小，几乎摆不下任何椅子，所以座位是一排又一排的条凳，间距只可容纳一人侧身通行。如果龙猫这个大胖子出现在小剧场里，那会是一场不可避免的大混乱。剧场的工作人员是训练有素的，让每张条凳上坐尽可能多的人。

我们被引导到第二排的一张条凳上，与一群美国人挤在一起。两分钟之后，长着东方面孔的一家三口被引导到我们这里，我奋力地挤了一挤，微笑着跟他们说英语，让他们在小米的身边坐下来。好笑的是，他们用英语说了谢谢，但他们相互之间聊天用的却是带着台湾腔的普通话。我们没有机会与台湾家庭搭讪，因为工作人员不知道用什么机关，将高高的几扇半圆形窗户关闭了起来，整个剧场暗了下来。之后，小朋友们嬉闹的声音渐渐弱了下去，在大家屏神静气的期待中，屏幕亮了。

这场小电影的故事非常简单：小男孩在野地里撒欢，捡到了一根拐杖。他付出所有的努力和艰辛，只是为了将这根拐杖送到兔子奶奶手中。电影没有一句台词。美轮美奂的山水风景中，人物生动传神的表情和动作，配着悠扬的音乐，让孩子们时而紧张担忧，时而轻松愉悦。电影的最后，兔子奶奶请小男孩和小兔子喝茶吃饼干，小男孩满足调皮的样子让场内发出低低的笑声。我们的孩子，包括小米，他们常常也这样调皮，与别的孩子争闹，弄得浑身又脏又臭。每一次都将自己的妈妈气得要崩溃，但是只要问一问他们的初心，你的怒火就会熄灭。他也许只是为了不让大孩子逮住一只飞舞的蝴蝶，也许只是拯救那只落单的小野猫，甚至只是为了维护自己的专有物品。只要目的是那么单纯，再无理的过程都会被谅解。孩童的心是世界上最容易满足的，只要你给予一点点微笑和一点点理解。

电影散场了，所有的人都站起来，排着队朝外走去。高高的窗户刷地拉开，光亮倾泻进来。小米拉着我的手，表情又兴奋激动又意犹未尽。我仿佛回到了小时候的露天电影场，一场电影，无论长短，无论精彩与否，无论是露天版还是3D版，重要的是与你一起看电影的那个人。陪着你看电影的人，决定了你看电影的心境。旅行也是一样，陪你一起行走的人，决定了这场旅行的心情。

走出小剧场，来到大厅。光线透过美术馆大厅的穹顶形成一束束的光影，漫射在空中的龙猫、骑扫帚的小魔女身上，恍若身在影像中。

我极目寻找上二楼的楼梯,小米已经像一辆充足了电的龙猫巴士,弹跳到一座鸟笼形状的旋转楼梯那儿了。楼梯又狭窄又低矮,小米手脚并用,已爬到一半了。我看了半天没有看到大人禁行的牌子。美术馆里错综复杂,人又那么多,我不盯牢他,找都没法找。顾不上那么多了,于是我很艰难地弯身低腰爬了上去。等我爬了上去,小米又跑到横贯大厅的悬空单行桥上去了,想追过去,对面已经有人走过来。等我再追到他的身影,他已顺着旋转楼梯爬下去了。于是在大厅里,我们的这一场你追我赶的追逐战持续了十几分钟,随着他一次又一次的消失,我的火气渐渐炽烈了起来。

特别是他再次出现时,大声地呼唤我:"妈妈,我在这里啊,你来追我呀!哈哈哈……"于是整个大厅的人都看看他,再看看我,这无异于火上浇油。但是突然发现了这么一处神奇之地的小米哪里感受得到?他简直像只撒欢的小野马,在整个大厅里撒开蹄子疯跑,路过的日本孩子都惊奇地看着他。还有刚才小剧场里坐在我们身边的那一家人,也默默地盯着我和小米看。不知道是因为那样的目光,还是小米无休止的玩闹,我顿感无地自容。

在忍无可忍的状态下,我拎着小米上了三楼。三楼转角就是龙猫巴士,我暗暗地吁了一口气,他终于可以有尽情发泄他旺盛好奇心和精力的地方了。在小米排队的时候，我走出门，极力地平复自己的心情，大口地呼吸着混合着森林气息的冷冽空气，一分钟之后，终于平静下来。

室外还有一座旋转楼梯，爬满了藤蔓。这座藤蔓楼梯直上楼顶天台，虽然是室内旋转楼梯的放大版，但也只容一人上一人下交错通行。我趁着难得的喘息时机，爬上去看了一眼，映入眼帘的是《天空之城》中巨大的机器人，垂着双臂，低头看着脚下的一群人。机器人没有任何表情，单是动作，就看出淡淡的忧伤和悲悯。人类大概是世间最需要悲悯的物种了，那么易怒易躁、喜怒无常。

我又折返下楼，站在楼梯的最低两层，透过藤蔓，观察正在和一群日本孩子玩得兴起的小米。他们在龙猫巴士上蹦蹦跳跳，玩滑梯。小米与几个孩子协作将一堆小煤球从巴士上搬下来再搬上去，全程都是在工作人员的日语指挥下进行，他竟然第一时间就明白了，态度极其认真，简直跟几十分钟之前撒野的小米判若两人。此期间一个两岁左右的日本小女孩被黑漆漆只有两只眼睛的小煤球给吓得哇哇大哭，他还跑过去用中文安慰人家。我开始为自己之前的怒气感到万分歉疚。

在小米玩得很兴奋的时候，龙猫巴士的围栏外还站着一圈眼巴巴排队的小孩子。工作人员吹响了这一场次结束的哨子，小米快速地跳下来，找到自己的鞋子穿上，看到坐在外面鱼形凳子上的我，笑得那么明亮。我怎么可以对着这样一张无辜的脸生气呢？于是我们重新出发。

我们按照手中的手绘地图去寻宝了。我们从二楼开始，一个房间一个房间地开始寻找，结果发现，每一间屋里都有宝藏。散落在柜子上的手稿、堆在工作台上的颜料和彩铅、夹在画架上的草图、贴在墙上的原画、挂在空中的飞行器和翼龙模型……一切凌乱又有序，仿佛它们的主人宫崎骏先生刚刚离开，一刻钟之后就要回来。

在一间屋子的台面上摆着微型的厨房，锅碗瓢盆一应俱全，客厅里摆着沙发和茶几，茶几上是茶具，茶杯里是半杯咖啡，还有一块方糖。小米大声喊："借东西的小人！"没错，这是《借东西的小人阿莉埃蒂》里的场景。最终我们发现，宫崎骏的每一部电影都在这个美术馆里的某个角落等着我们，只要我们用心寻找，都会有惊喜。可惜两个小时的时间太短。细细想来，对于每一段旅途，时间再长都是不够的，所以应珍惜当下的每一个瞬间。

在"祖父的房间"里，我们看到宫崎骏幼年的照片。他的母亲有着干净柔和的眉目，他从母亲那里继承到的不仅是外表，还有一颗干净的心。他喜欢飞行器，厌恶战争。他从战争中看到了希望和梦想，并且为此一直坚持和努力，才让今天的小米也看到更多的希望和更多的梦想。

希望和梦想是有力量的吧？在某些时候，风和光就仿佛我们心里的梦想和希望。梦想那么飘忽，我们穷尽一生在努力地追寻它；而希望如微芒，总在梦想熄灭的那一刹那，再次将其点燃。所以这不仅是一座让风和光自由出入的美术馆，更是一座让梦想和希望自由出入的城池。

工作台的角落里放着一个偌大的烟灰缸，烟灰缸里堆满了烟头，画秃了的水彩笔和铅笔头挤在笔筒里。纸上是宫崎骏的自绘手稿，其中有几幅分镜头解析图。日文的故事脚本边，随意摆放的一张纸上，写着计划书，大意是在某个时间段内赚到多少钱。这些小小的细节，让我们看到一个真实而自然的宫崎骏，还原了他曾经从一个映画工厂的原画师开始，一步一步地成为一流动画大师的足迹。这其中不乏生活的艰辛，又有多少柴米油盐的无奈。

让小米再度激动的是动画制作展示室，里面摆放着一台一台不同时期的胶片机。小米尝试操作了一台手动的胶片机。手握把手慢慢摇,里面的龙猫巴士胶片一帧一帧地跳跃;快快摇,龙猫巴士像风一样就飞过去了。他乐此不疲,从身边的纸箱里拾起各种不同的场景胶片,反复地实验,很有成就感地当了无数次的放映师。如果不是我拉他离开,估计这个胶片机最终会被他玩坏。但是其他的胶片机就没有那么幸运了,他从这一台玩到另一台,从开始排队到空无一人,兴奋得满场往返飞奔。为了放映的效果,这间屋里光线很昏暗。大概是为了帮助第一次使用胶片机的人尽快正确使用,同时为了维持秩序,这间屋里站了三个工作人员。刚开始工作人员还很有耐心地指导小米,但到小米飞奔的时候,也开始很无奈地用眼神求救于我。我不得不将小米拉离了那间展示室。

最后一处是美术馆的商店,是全馆最拥挤的地方。游客争先恐后地在这里购买纪念品。我惦记着给几个热爱动画的朋友买手信,所以不得不加入了疯狂的购物大军。即便如此,我还是尽量挑人少的货架去选择。

不知道是现场热烈的气氛"刺激"了小米,还是小米的热情已势不可挡,他在人潮里左右穿插,不停地在货架之间穿梭来往,同时大声地喊我:"妈妈,我要这个,这个我也要!"

拥挤的人流里,那种被人无语盯视的感觉重新回来,被压制在心底的怒气重新炽烈地燃烧起来。我走过去,将小米拉到人稍少的角落,很严肃地对他说:"如果你再这样玩闹,我就把你留在这里。"他的目光还停留在一个超大的龙猫公仔身上,丝毫不明白我的意思。

我加重了语气:"我会离开你!"

三秒钟之后,他突然明白过来,看着我毫无表情的脸,仿佛被惊吓住了,十几秒之后,眼泪滚滚而下。他哇哇大哭:"不要,我不要,我不要你离开我……"

我突然惊醒,那一刻的我一定是面目狰狞的,那一刻最无私温柔的母性远离了我,那一刻的我是一个太过在意外界目光的自私母亲!我连忙将他抱进怀里,安慰他:"我不会离开你的!"

可是悲伤的种子一旦撒下,就再也来不及撤回了。控制他的购买欲是正确的,但是我却使用了最锋利的方法。无论我怎么安慰,他虽然止住了眼泪,但那种透彻的快乐再也回不来了。

我们买了龙猫陀螺、餐垫和明信片之后,趁着夕阳正好,爬上了美术馆楼顶的天台。小米在机器人的脚下显得那么渺小,夕阳在他的身后,晕出好看的光圈,他的脸盘柔嫩饱满,眼神清澈无邪。这一切是这样的宁静而美好,是我亲手破坏了它,我在他的眼底留下了一丝几乎难以察觉的忧伤。

我们在人群中的时候,总是太过在乎别人的目光,这是一种愚蠢的自我绑架行为。世界上没有那么多别有用心的人,也没有那么多别有用意的目光,一切的羁绊都来自我们的内心。现在想想,即便是循规蹈矩的日本孩子,在他们眼巴巴看着小米疯闹的时候,眼中的神情又何尝不是羡慕和渴望?

每一个孩子一生下来就是一座快乐的城池,风和光在他们的内心自由出入。是我们大人,用自己所谓的人生经验不断地

每一个孩子一生下来就是一座快乐的城池,风和光在他们的内心自由出入

给他们填压加固,在他们的心灵外围筑起了高高的围墙,让他们过早地背上了沉重的盔甲。当孩子露出笑容、展开胸怀拥抱一切的时候,冲出来阻止他的是不是我们自己?我们自己的内心已经有多久没有让风和光自由出入了?已经有多久没有擦亮梦想了?是否已经不再点燃希望了?

宫崎骏在《龙猫》中袒露心迹:什么时候我们开始无法像孩子一样肆意地大呼小叫了?心里的情绪堆积得像山一样高,直到溢出来。与其如此,不如永远像孩子一样。

《天空之城》中理想的乌托邦——一座飘浮在空中的美丽城池,在最后终于分崩离析,昭示了人类永远不能离开土地。地球是我们最初和最终的家园。而宫崎骏笔下美得仿佛莫奈画作的每一帧场景都包含了无尽的风和无尽的阳光。我们每一个人的内心其实更需要自由的风和温暖的阳光。

在这场童话之旅的最后,我坐在宫崎骏制造出来的能量石上,看着小米在以天空为背景的小小的路径上重新飞奔,他的快乐重新被点燃,风和光重新充盈了他的小小心房。这一刻,我与那个急切渴望小米成为我想要的人的自己达成了谅解。成长的路上,没有什么比快乐更重要。快乐地成长比快速地成功更重要。

我们原路返回,风之散步道已经暗了下来,灯光渐次亮起。天边霞光剔透,映着树影婆娑,盏盏路灯仿佛琥珀一样,辉映着霞光,我们仿佛走入了琉璃世界,渐渐觉得有凉意袭来。

 上野的绯红轻云

"上野"这个名字,第一次是在初中课本鲁迅的文章《藤野先生》里看到的。当时读到描写上野恩赐公园的樱花的句子"东京也无非是这样。上野的樱花烂漫的时节,望去确也像绯红的轻云"时还小小地惊艳了一下,所以老师要求背诵这篇课文时,我竟一字不差地背了下来。只是这么多年过去,这篇课文的文字我大部分已忘记,单单记住了关于樱花的这一段。今年听说鲁迅的文章已经从初中课本里被拿掉了,还小小遗憾了一下。所以为了那片"绯红的轻云",我将上野公园纳入了旅游计划之中。当然小米同学冲着上野去的目的,是上野恩赐公园隔壁的上野恩赐动物园以及公园周围林立的博物馆、美术馆和科技馆。

前几天微信上有许多朋友留言。上海的烟是个热心的姑娘,她有个朋友新地在东京大学读书,于是她将新地的联系方式给了我。新地白天上学,晚上打工,非常忙碌,通常半夜才回到住处,但她却总是在喘气的间隙,极其认真地回答我的问题，并且将关于东京的各种实用信息告诉我，譬如如何转乘车、查看天气的网站等，让我这几天在东京少走了许多弯路，方便了不少。

说到日本的天气网站，是分时段播报天气的，一天分成几个时间段，真是非常精确。如果网站上写着下午一点要下雨，你早上出门看阳光灿烂就懒得带伞，那就等着中午被淋成"落汤鸡"吧。

昨天，听说我们要回国了，新地坚持要请假来和我们见面。于是我们约定了今天8∶30在上野站见面。

我们娘儿俩各有所需地又起了一个大早。从新宿乘JR中央快速电车到神田，从神田转乘JR山手线直达上野。

正准备出上野站口的时候，外面已经滴滴答答地下起了小雨，于是我们又折返站内，在站内一家小商店里买了两把伞，一把绿色，一把粉色，伞面上布满了娇萌的熊猫图案。店主是个四十多岁的中年女人，有着日本女人的白净肤色，找钱的时候，不断地告诉我们，这个熊猫图案可是上野动物园的标志哦。当然，我们知道。我们还知道所有的熊猫都是中国赠送给上野动物园的。熊猫也见证了中日两国民间的交流，曾被视为是"中日关系的润滑剂"。日本人有很浓厚的"卡哇伊"情节，女孩子无论年纪有多大，神情动作都带有娇俏可爱的风格，所以熊猫在日本社会如此深受欢迎也是可以理解的。

小米拿着他自己挑选的有绿色熊猫图案的伞，迫不及待地拉着我出了上野站口。

我抬腕看表，现在才8∶00左右，新地应该还在电车上。今天因为出门太匆忙，我们还没有吃早饭呢。站口左边是一家临街的咖啡店。很小的店面，只有两位职员，门口放着四张长桌。我们坐下来，点了三明治、面包和热巧克力。我们一边吃早餐一边等新地，时间在春雨的浸润下，一下子变得特别的丰盈。身边是一对身着职业装束的情侣，匆匆地喝了一杯咖啡，立刻起身投入到雨中。另外一边是几位穿运动装的少年少女，大概是放春假的学生们，聊到开心的事情，哈哈大笑。可是在不久的将来，他们会不会如刚刚离去的情侣一样步履匆忙，都来不及静下心品尝一杯香醇的咖啡？

对面就是东京音乐馆。一栋灰色的建筑，外面有着横亘交错打成蝴蝶结的缎带，整个就像一件巨大的春之礼，缎带上写着"东京·春·音乐祭"。从新宿街头的满眼广告语一下子跳跃到上野的文艺气质，喝着热巧克力的我被小小地呛了一下。

这才是日本文化界的一贯作风，简洁，明了。

早餐下肚，我带领小米将空的纸杯和纸盒放入可回收垃圾箱里。新地发短信来，还有几分钟到上野站。我们坐在露天咖啡馆里，虽然吹的是和风，下的是细雨，但在这早春的早上，还是有几丝微凉袭来。"嗨！"是那个一直忙个不停的咖啡馆职员，她用手向我示意，椅子的后背上搭着一条灰色的厚厚的毛毯，我一直以为是某个顾客落下的披肩。那个姑娘示意我把毛毯盖在小米的膝盖上。我留意了一下，几乎每张椅子上都有一条毛毯。这家只有四张桌子两个职员的小小咖啡馆，一天应该赚不了多少钱，竟然贴心地为顾客准备了保暖的毛毯。

可是小米一点都不领情，他吃饱了之后，拿着新买的雨伞到雨中玩了。于是毛毯就盖到了我的膝盖上。

刚巧这时新地来了电话，我起身去车站寻她，看到新地竟然是一位白皙温婉的姑娘，和来日本看望她的妈妈站在一起，跟我想象中的侠女完全不一样。简单地寒暄一番，我们四个人朝着上野公园方向走去。

新地虽然人在东京，苦于学业繁重，还要抽出时间打工，所以并没有闲暇时间游玩。她也是第一次来上野。而且之前，她查过樱花情报,这儿的樱花才开了三四成,只是因为我们行程中有上野的原因,才特地抽空前来。到了上野公园,果然樱花都含苞未放,并没有看到期望中"绯红的轻云"。

虽然有些失望,但是并没有遗憾。倒是有几枝全开的樱花衬托着幕府末期代表人物西乡隆盛的铜像。西乡先生骑着马,气势不减当年。

倒是有几枝全开的樱花衬托着幕府末期代表人物西乡隆盛的铜像

我们在半开的樱花下走了一圈,东照宫门前的参道两旁立着几家铺子,专卖小吃,有日本人爱吃的炒鸡杂、烤鱿鱼,还有日本的名特产酒类专卖,酒坛子码到了路边。小米对裹了一层巧克力和彩虹糖的香蕉(形状让人不忍直视)感兴趣,买了一根,边走边啃。

再往前,道旁矗立的是青石雕刻和青铜铸就的灯笼,神兽一样一路守护行人。正殿之前,左右两边各有亭阁,右边是洗手圣池,左边是挂满了许愿木简的许愿亭。仔细看,大部分是英文,其次是日文,简体中文和繁体中文也有不少。神明庇护天下之人,从不分国别。而一颗敬畏神明、遵从自然的心,也是一样,无论是在家乡还是在异国,都应对人对物尊重爱惜。

我们去得比较早,加之天气不太好的原因,正殿几乎空无

整个东照宫金碧辉煌,即便是在雾霭沉沉、阴雨绵绵的背景下,依然闪着一层金色的光辉

一人。远远看过去，整个东照宫金碧辉煌，即便是在雾霭沉沉、阴雨绵绵的背景下，依然闪着一层金色的光辉。大概是鎏金的大门、屋檐和屋脊的缘故，这灿烂也可见当初德川幕府的极致繁盛了。

我们从东照宫出来之后，重新绕行樱花大道。挂着花骨朵的樱花树上已经挂满了"樱花祭"的宣传横幅。上野公园有1300多株樱花，其中大部分是晚樱"染井吉野"。那"绯红的轻云"一定就是"染井吉野"了。我们沿路不断看到绿色编织布和牛皮纸质制成的巨大的简易桶状物，新地说那是临时垃圾桶，是为即将到来的"樱花祭"准备的。"樱花祭"对于日本人来说，是一个意义重大的节日。在上野樱花的全盛时期，这条参道挤满了来赏樱的人。在樱花祭中，人们穿上美丽的和服在樱花树下摆上丰盛的酒宴，吟诗作画，一边赏樱，一边开怀畅饮，一醉方休。孩子们在落英中追逐嬉戏。再加上上野公园不定期举办的助兴的樱花祭庙会和活动，那是多么热闹的场面啊！可惜我们来早了一步。

早也有早的好处，公园里人少，一路樱花雨潇潇落下，这也别有一番滋味。

早也有早的好处，公园里人少，一路樱花雨潇潇落下，这也别有一番滋味

天气网站上还有樱花时报。日本是樱花的圣地，只有身在其中才能体会到日本人对樱花的热爱。每年的3月底到4月中旬，总有一些日本人呼朋唤友，每天查看樱花时报，一路从南向北，从海岸向内陆追随樱花的踪迹。从3月初的九州开始，直到5月中旬的北海道为止，一路由南而北，这一路追随的毅力和坚持，也令人惊叹。樱花由绽放到凋谢，只有近10天时间，一旦下雨，灿烂樱花可能翌日就纷纷零落。虽然花期短暂，但日本人还是热热闹闹地设宴庆祝，宛如一场快乐的樱花嘉年华。

小米的眼睛早就瞄准了公园门口的一处游乐场，这里因为下雨一直没开。等到熊猫的头像映入他的眼帘，他又忘记游乐场了。他最感兴趣的竟然是上野动物园大门正对面的一个邮筒,熊猫形状的,静静地矗立在细雨中,保持着憨态可掬的笑容,等待人们给它送来寄往世界各地的思念和牵挂。邮筒指示右侧可以自助在风景明信片上盖"上野动物园"的印章。

上野动物园大门正对面的一只邮筒,熊猫形状的,静静地矗立在细雨中,保持着憨态可掬的笑容

　　日本有"印章一族"一说,所以在神社或饭店、博物馆、美术馆、观光地车站都设有纪念印章处。就是在出门或者显眼的地方,放置一枚印章,配置充足的印泥和墨水,以便游客在自己的物品上盖上当地景物特色图样,当作"到此一游"的证据,日后还可以自我品赏,或者跟身边的朋友分享。这比有些人喜欢在名胜古迹上刻下自己的字迹要文明很多,也有意义很

多。我们在离开三鹰市立动画美术馆的时候，也没有忘记在给宫迷朋友们的手信上都一一地印上了蘑菇造型印章。日本各大铁路公司为了吸引观光客来乘坐，也开始推出印章换车票的活动，所以在日本收集印章不仅有纪念意义，还有实用价值和收藏价值。有些人为了收集某个有特色的印章，会开始一场意外的旅行。

我见过的最让我羡慕的一本印章册，是一本护照。那是属于一个个子娇小、面容沉静的姑娘的。她在5年的护照有效期内，奔波出入了50多个国家和地区，行程近10万公里。她拿出她那本宛若剪贴本的护照给我看，护照上密密麻麻地盖满了各种文字、各种形状、各种颜色的边防出入境印戳。风已经吹去了她留在异乡的那些足迹，但是记忆永存，除了在她的护照上，还在她的心底。她就是那种候鸟一样的人，每天也朝九晚五，正装出席各种会议，但一旦感受到远方的召唤，就立刻换上行装，即刻出发。她说她享受那种既不安全也不舒适的长途跋涉，享受那种颠沛流离和开波劈浪。然后她瞧定我："你不一样，因为小米，你一定要选择一条安全而舒适的路，而那条路也许对你而言，寡淡无味。"

这也是独身旅行和亲子旅行的区别。所以无论我见过眼前的风景多少次，只要是小米第一次见，哪怕再熟悉的风景对于我来说都是新鲜的。无论我觉得游乐园的项目有多无聊，只要小米喜欢，就是惊险刺激的。对于一个对世界一无所知的孩童来说，母亲对这个世界的态度决定了他对这个世界的态度。参与一个生命的成长，除了付出，一定要懂得欣赏，欣赏他对于这个世界最懵懂的初喜。

现在小米面对这只大熊猫邮筒，就是怀着一种惊喜的心态在从头到脚地研究。我们国家的邮筒从来都是圆柱体或者长方体，被刷成墨绿色。那些孤独的邮筒现在已经基本成了摆设，寄信的人少，收信的人也少。我则很后悔没有将行李箱中的明信片都带来，通过这只可爱的熊猫寄给朋友们。我们住的东京新宿华盛顿酒店两条街之外有一家邮局，但是我们都是早出晚归，每次路过邮局想寄的时候人家不是没上班就是已经下班了。

雨越下越大了。新地建议如果想看樱花，可以去皇家新宿御园看，樱花情报说新宿御院的早樱都盛开了。而且皇家新宿御院就在新宿站不远处，离我们住的酒店非常近。因为我们正准备离开东京，想着小米没有体会到那片"绯红的轻云"的感觉，到底有些遗憾。为了不虚此行，我们立刻返回地铁站，从上野奔向新宿去了。

皇家新宿御园·言叶之庭

我们从上野站返回到新宿，一路都没有费神，因为跟着一位操着熟练日语的美丽地导新地。新地带我们从JR线的丸之内北口出站，回头望向站台建筑，竟然是一栋砖红色欧式建筑，这在高楼林立的新宿并不多见。

离开丸之内电车站，在小巷子里左穿右插地穿行了一段路，就到了皇家新宿御园大门口。如果是我独自带着小米，一定会在每个路口犹豫，然后问人才能确定方向，这样既耽误时间又影响看景的心情。

原为日本皇家园林的新宿御园，经战后的重新规划，成为完美融合法式、日式和英式三种园林风格的大型公园。

我们刷票进门的刹那，我脑海中突然闪现一幅画面，碧透的水面，低垂摇曳的绿枫，点点细雨落下，风横扫过来，绿叶轻触水面，漾起几圈涟漪。那是新海诚2013年的新作《言叶之庭》中的画面。新海诚的动画一向以画面绚烂吸引人，在这部短片中却开始尝试以细腻的画风讲述一个简单而深刻的故事。故事就是以新宿御园的风景和亭台为背景，每每风雨之际，一个十五岁的高中生秋月和古文老师雪夜老师就会相遇在言叶之庭。从画面中层郁叠翠的雨中美景望出去，可以看到东京铅灰色的天空和铅灰色的大楼，这个小小的亭台仿佛是冰冷东京中的一个孤岛绿洲，在每个雨天，滋养着两个同样孤独的灵魂。而东京千千万万个与我们擦肩而过的面无表情的学生和成人中，一定有许多个秋月和雪夜。他们是不是也渴望着这样的雨天，让他们的灵魂可以暂时地停靠在城市中的某个绿洲？

日本人对孤独的隐忍能力真是非凡，这种隐忍也催生了某些婉约的美。近代作家夏目漱石曾经问他的几个学生，英文的"I love you"如何翻译成日语。学生们翻译成"私はあなたを爱する"。夏目漱石抬头望了望天空，说，你们翻译得完全不对，如果是日本人的话，只要翻译成"今夜，月色很美"就可以了。所以我们看到的日本人并不擅于表达自己的感情，总是一副欲言又止的样子。就像新海诚，他故事中的人物总是缺乏一种内在的驱动力，就像水面飘零的落叶一样，随波逐流。《言叶之庭》中，秋月和雪夜两个人慢慢地相识并相知，最后冲破了彼此内心的藩篱，彼此说出了心底话。那个时刻，雨过天晴。这对新海诚是一个突破，但是对千万个东京人来说，却丝毫没有改变，他们还生活在重复单调的生活中，每天挤电车时身后贴着旁人陌生的体温，身边有很多亲人、朋友，却没有一个人能真正触碰到最真实的自己。这是一种城市病，单单靠一个新海诚是没有办法治愈的。

我们进入大门后，眼前树层边立着木头指示牌，日本人的细心在此就体现出来了：不但指明了方向，连距离都标了出来，具体到米。另一块地图则详细地列出了周围的地标建筑、出入口、车站和各神社、寺庙等景点。

我们沿着右边的小路行走，雨潇潇，迎面一株硕大的白玉兰。再转过一条小径，眼前豁然开朗，阔大的草坪那边，几株樱花正在盛开。远远看去，正是鲁迅文中的那一片"绯红的轻云"。有几个游人撑着伞，在花下赏花，一不小心，自己和伞也成为一朵雨中花，鲜艳地开在一片霞光云雾中。

我们从平坦的草坪穿过去。这片草坪在晴天时，正是人们铺上餐垫、饮酒作诗赏樱的最佳处所。走近了看，这是一株霞樱，也叫初美人。跟它的名字一样，是早樱。

这几株霞樱已处在完全盛开的状态。花瓣饱含水分，都沉沉地垂下头颈，几朵几朵地挤在一起，朝向大地做沉思状。雨水没有削弱它们的美丽，反而增添了一种特别的媚态。小米撑着他的绿色熊猫伞从树下穿梭，无意间带动了低矮处的花枝。一瞬间，光迷离，影斑驳，滚珠滴翠，飞红溅绿，落得我们一身的水滴。我们从那株霞樱身边离开时，身上仿佛若有似无地留有它清甜的气息。

谁知道这株霞樱只不过是个开始,一路不断的惊喜已经在等着我们了。曾经我们以为错过了的东京樱花在我们决定离开的时候,就这样铺天盖地地、夹风带雨地来到了我们面前。先是几株仿若桃花的樱花,粉红和白色相错的花朵挤在一处,圆形的花瓣,在水光中仿佛蜜蜡凝脂一样,晶莹剔透。之后是几株玉红色的花形相同的樱花,只是花枝高度不一,叶片形状不一样。最低的几株仿佛爬藤植物一样低低沿着草坪匍匐在地,这种樱花的叶片又细又圆,我们都叫不出它的名字,只是为它的样子惊叹。它一点儿樱树该有的样子都没有,却开出最艳丽的花朵。

小米被远远一株寒绯樱吸引,早就奔过去了,小孩子就是

寒绯樱的花形一点儿都不像樱花,是倒金钟形状的,颜色玫红,一簇簇地挂在不见叶片的树枝上,将那一方雨都染红了

喜欢颜色鲜艳的花。这种寒绯樱的花形一点儿都不像樱花，是倒金钟形状的，颜色玫红，一簇簇地挂在不见叶片的树枝上，将那一方雨都染红了。从一株开得正盛的粉玉兰下穿过去，在一座小桥边，我们发现了一株鹅黄色的十字金星樱。它的花朵非常小，像一颗颗星星一样，簇拥在一起，吐出米粒一样的白色花蕊。

一湾浅水倒映出一片霞色，我们极目望去，那竟然是一株垂樱。那株垂樱远远看去仿佛一挂粉色的瀑布，一直流泻到氤氲的水中，美得惊心动魄。我们立刻朝着它而去。小米跑得最快，撑着一把小伞，迎着细密的雨丝，迈着豪迈的步子，一步步走向那片梦幻一般的粉色。有人在垂樱对面架起了三脚架，肩头背着雨伞，正在取景。

茫然无知的小米就这样走进了别人的镜头，还走得理直气壮。那个日本人起初有些惊愕，然后立刻就埋头猛摁快门。一株垂樱下突然出现了小孩儿，倒也是好景趣。就像我们常常无意走过别人的生活，留下一些影像。我们对于整个东京来说，不过是个路人，只是在这一刻我们的脚踩在这片土地上，我们感受到了东京人精神上美好的一面。

垂樱也叫枝垂彼岸，非常唯美又带有宿命论色彩的名字。

▲ 鹅黄色的十字金星樱,花朵非常小,像一颗颗星星一样,簇拥在一起,吐出米粒一样的白色花蕊

◀ 那株垂樱远远看去仿佛一挂粉色的瀑布,一直流泻到氤氲的水中,美得惊心动魄

这很像日本人钟爱的另一种花——彼岸花，又名曼珠沙华。据说每到暖秋，那种娇艳瑰丽的花朵就铺陈在日本各座城市的花园、公园和所有有植被的地方。

看完了樱花，我们再一路前行。这座小小的公园里竟然有高大茂密的植被，大树参天，修竹层生，倒是难得幽静。因为人们都在寻觅樱花的踪迹，所以没有人来这深树层中寻幽探秘。我们一路走一路闲聊。新地说起日本的茶文化，她曾经参与一次茶道活动，她说起那次经历一脸的惨痛状。日本人凡事皆讲究极致。茶道师点炭火、煮开水、冲茶、抹茶、献茶，每一个动作不但要有舞蹈的韵律感，还要精准到位。而作为客人的新地也不轻松，必须穿着日式和服，恭敬地跪立许久，待茶熟，须俯首双手接茶，先致谢主人，然后三转茶碗，轻品茶汤，慢慢饮下，之后要将茶碗没有被嘴唇碰过的那一面朝向主人，奉还茶杯。全程须平心静气，目光专注柔和，动作轻缓。

走得累了，小米看到一处休憩所的牌子，顺着箭头，可以看到一座亭子，有休息的地方。而边上还有几间屋子，是洗手间和专供孕妇、儿童、老人休憩的。小米上洗手间的时候，碰到一位说着闽南语的老人家，我们请她小心，因为地上湿滑。后来几次遇见她，原来是和几位台湾帅哥一起来赏樱的。帅哥还时不时地跟小米开开玩笑，小米走路差点滑倒，他们还伸手相扶。在日本这个国度，我们是骨肉同胞，遇到也是一种缘分。旅行中的缘分是清澈的，短短的相遇，也许并不会牵挂一辈子，但是此时此刻，我们哪怕只是相视一笑，就抵过了两岸彼此相隔的时光和距离。

从树层穿出去，可领略日本在公园文化营造方面的独具匠心。东京大大小小的公园很多，像皇家新宿御园这种国家级的大型公园也不在少数，我们去过的井之头公园就是其一。在东京核心新宿的繁华中心开辟出这么一座公园，真可以称之为城市绿洲了。后来才知道，日本政府为了给当地市民提供地震时的避难场所，规定一定范围内必须要有一座空旷的公园，这是东京多处公园得以幸存的缘由。而日本人又特别善于螺丝壳里做道场，只要是公园，一定布置得仿佛仙境一样。日本这样一个小岛，东京这样一个人口密集的大城市，除了柏油马路就是草地绿植，没有裸露的黄土，没有灰尘，这是一座深爱自己脚下每一寸土地的城市。虽然日本是个多灾多难的国家，有频繁的地震和台风，但是在日本人脸上看不到一丝焦虑，茶道、花道、动画、赏花、咏诗……他们行进在自己的日式轨道中。

我们站在一处庭院休息。越过一层层精心修剪的灌木，是一泓碧水。突然小米伸手指向那水面，让我们快看。我们看过去，水面上漂着一把撑开的、倒立的伞。一把白底蓝面的伞，随着水流缓缓地漂过来,在雨点散落的涟漪中悠然自在,仿佛天鹅一样优雅。不知道是有人特意放置还是无意丢失,总之这把伞此刻被赋予了另外一种使命。

一把白底蓝面的伞,随着水流缓缓地漂过来,在雨点散落的涟漪中悠然自在,仿佛天鹅一样优雅

古典风格的亭子,不平静的水面,斜散落下的雨滴,轻柔的风声,公园外投射过来的光影,构成了《言叶之庭》的一帧帧画面,就仿佛电影在我们眼前放映一样。

秋月很希望成为一名鞋匠,因为他只能为自己做鞋,只能保护自己。而雪夜告诉他,她一直在练习,练习一个人走下去,即使没有鞋子。这句话触动了他想要为雪夜做一双鞋、要保护雪夜的欲望。

从前的我很希望成为一名旅行家,背着行囊,风餐露宿。从前的我,只为自己旅行。但是现在不一样。因为小米,我努力练习,练习成为一名合格的母亲,安定地守候他长大,尽己所能护他成长。当我不再有力量保护他时,当他希望行走世界时,如果我不能为他做一双鞋,那么我就成为那一双鞋,陪他一路行走。

最好的亲子旅行

我以为最好的旅行,是陪你生命中最重要的人走一段路,无关岁月,无关风景,无关天气,无关金钱,无关收获,无关任何其他种种。

但是不得不承认,我们生命中很多重要的人,都只能陪伴我们走过生命中的某一段旅程。谁都不是谁永久的伙伴。所以每一段旅程都需要我们费尽心力地去珍惜。亲子的旅程更是短暂。

亲子的旅程更是短暂,需要我们好好珍惜

随着孩子逐渐长大,他们离家飞翔的时刻越来越近,父母就越来越有紧迫感。

因此在尽可能的情况下,享受每一刻与孩子的旅程,无论是短足还是远行。

在小米六个月之前,我的工作非常繁忙,忙到没有时间照顾和陪伴他,甚至连节假日也没有。我偶尔抽出下班后的一两个小时,与小米在小区前后走一走,当然小米是坐在自己的童车里。

刚开始步伐如往常一样快,小米适应不了小车的颠簸,会哇哇大叫,我会不由自主地慢下来。

不知不觉中,刚开始的不耐烦和焦躁渐渐消失,我的心也跟着脚步缓慢下来,我感受到了来自心底的平和与喜乐。当小米柔嫩的小手抓住我的手指,当他牙牙学语,当他展开笑容,当他将小脸在我的手背上蹭来蹭去时,突然我有了新的发现,我发现踩在大地上的脚步声,是有韵律感的,我感受到了来自大地的回应。每走一步,微风生凉;再走一步,百花盛开。我抬头看一看天空,天空湛蓝,原来幸福如此接近我的内心。

后来,有一张图片深深地打动了我:一位北京小伙子推着无法行走的母亲,手推车上挂满了各种家什,身边还跑着一条家养的小狗。他们从北京城一路行走到西双版纳。我不知道他们这一路经历了什么，但只要看看他们宁静祥和的笑容，就知道，因为彼此相伴，这一条风餐露宿的路上，一定移步是美景，转身是佳境。

世界上并不多推着父母旅行的孩子，多的是推着孩子旅行的父母。

我的妈妈放弃了原本熟悉的生活，离家为我照顾小米，独留下我九十多岁高龄的奶奶在家。奶奶自幼照顾我长大，与我感情最深。经历了将近一个世纪风雨的奶奶，并不懂得什么是旅行。我多次恳请她来我所居住的城市，只是叶落归根思想根深蒂固的奶奶怎么也不肯离开自己的家乡。她陪伴了我整个童年，给予了我最初的美好回忆，现在为了小米，却不得不过着形单影只的生活。我就是那个渴望飞翔的孩子，一旦飞了出去，尘世中的牵绊就迅速地"绑架"了我，我再也无法飞回我的童年，再也不能尽孝反哺，回老家陪妈妈唠嗑，陪奶奶安度晚年。

在小米六个多月的时候，我毅然决定辞职，决定亲自陪伴小米成长。我让妈妈回到她自己的生活中去，让奶奶最后的人生旅程不再那么孤独。

这场陪伴是我人生中一次真正的说走就走的旅行，没有攻略，没有计划，没有捷径，没有前路，甚至没有退路。我只带着一颗母亲的心以作指南，就义无反顾地出发了。

这也是我人生中最漫长最艰难，亦是最幸福最快乐的旅行。行走至今，行程还只是刚刚开始。路上风景无数，笑声更是无数。

完全脱离了工作，而只以另一种身份来行走，我并不是没有失落的。很长时间内新结识的人不知道也并不询问我的名字，无论是大人还是孩子，我在他们口中的称呼永远是"小米妈妈"。我像一块面目模糊的背景板，衬托在小米多彩的社交生活中。

亲子旅行，拯救了我。

旅行，让我们的生活迎来更多的变化。我们的亲子时光因旅行而改变，变得更美好、更有趣、更丰富。我们离开熟悉的家，来到陌生的地方，认识新的人，学习新的语言，吃从来没有吃过的美食，了解不同地方的文化和习俗，随时感受风和阳光的自由。旅行让我们母子的目光一同放远，我们找到一种新的兴趣共同点，我们一起看他乡的月亮，我们一起吃异域的美食，一起惊慌失措地迷路，一起疲惫至极地行走。旅行结束之后的很长时间，我们都有共同的美好回忆和随时提起都滔滔不绝的话题。

旅行中的任何一种体验都让我们更贴近彼此，也更贴近这个世界。

我不再纠结，小米则更加喜欢全新的妈妈，喜欢路上新认识的朋友，喜欢每一秒钟都是全新的世界。

旅行中的任何一种体验都让我们更贴近彼此，也更贴近这个世界

这世间有走不遍的山水，吃不遍的美食，看不遍的风俗人情，斗转星移，山回水流。小米在行走的过程中慢慢长大，放慢脚步的我却全然如新生婴儿一般。

亲子旅行对于孩子，是一条不断见识和成长的路。对于父母，则是一场不自觉的自我修行。在这场修行中，每到一个地方我都会遇见一个全新的自己。

一向缺乏逻辑思维的我，能够在出发前做十几页的攻略，不止包括目的地、机票、酒店的选择，而且细致到每一份出行方案后面，还要针对当地可能出现的天气变化做出几个后备方案。几乎是方向盲的我，无论遇到多复杂的路况、多紧急的状况，都能迅速地问询、查询，甚至在迫不得已之下跟着感觉走，次次都有惊无险地到达我们的目的地。亲子旅行中，我的自我成长速度达到了历史最高峰值。

带孩子去旅行的父母，首先要负起的是对自己的责任，在陌生的环境中做最好的自己，是对孩子最好的教育。对当地的人、当地的风俗、当地的环境，我们要抱着尊重和接纳的态度，入乡随俗。不抱怨不嫌弃，不惶恐不谦卑。

在香港海洋公园乘坐海底列车时，我们遇见一位带着儿子旅行的父亲，一边抱怨香港人歧视我们，一边将儿子朝前推，强迫孩子插到队伍的最前头，那个孩子一脸的不情愿和无奈。在东京皇家新宿御园的洗手间里，几位阿姨一边议论厕所竟然没有值班打扫的工人，一边将手纸丢弃到垃圾箱外面。

在我们每一场的旅行中，相比于美丽风景，让孩子看到我们有怎样的价值观以及人生态度更重要。我们随手在风景优美的地方丢下的一片垃圾，染污的绝不止是那块土地，还有我们身边孩子的心灵。我们对待列车员和路边行人的态度,就是孩子未来对待这个世界的态度。对于不停变化的世界来说,一个人的力量实在很微小,我们左右不了别人对我们的看法,但是我们可以左右自己,从自身开始改变。从我们的孩子开始,我们中国人在世界上的形象,会是一群珍惜自然、热爱生活的得体识礼之人。

对于这个世界,对于每一次旅行,你希望得到什么样的际遇,首先让自己成为那个际遇。你希望到一个礼貌的温和的世界里去,你自己首先就得成为那个礼貌而温和的世界的一部分。旅行是一面镜子,会让你看清真实的自我,也同时将这个真实的自我反馈给我们的孩子。在一个脱离了日常社交网络、完全没有熟人的地方,你释放的那个自我是内心隐秘之处的最真实的自我。6岁之前的孩子会模仿父母最真实的一面,并内化成自己的一部分。与其说亲子旅行是最好的教育,不如说我们父母本身的言行才是最好的教育。

我坚信小米这一代的孩子,会比我们更美好。总有一天,他们在成长的这一场漫长的旅行中,会脱离我们的视线去更远的地方。

我曾经上班的大楼里,有一个送包裹的快递小哥,因为我的包裹不少，所以彼此比较熟悉。他其貌不扬，无论何时看到他都是背着一只巨大的挎包风尘仆仆的模样。有一天一位漂亮的姑娘陪着他来送快递，我为他感到高兴。又有一天，我打电话让他来收快递，他说他今天不能来，因为要去考雅思。我很惊讶，送快递的考雅思有什么用？后来快递小哥还是天天来投送包裹，我都忘记问他雅思考多少分了，直到有一天他跟我们告别，说拿到了加拿大某大学的录取通知书。他说，因为我女朋友考上了那所大学，所以我一定要考过去，不然，我们之间慢慢会有差距的。

我再想起这个快递小哥的故事，就仿佛看到了未来的我。如果我不努力自我修行，总有一天，我也会被小米慢慢地落下，我们之间的差距会越来越大，大如我无法跨越的鸿沟。

喜欢旅行的小米像他喜欢的书《不一样的卡梅拉》中的小鸡卡梅拉一样，是个与众不同的孩子。他喜欢大海，所以跟卡梅拉一样不畏艰险地跑去看大海。卡梅拉每天都向往谷仓外面的世界，而小米也同样向往外面的世界。

由于对外部世界认知的不同，亲子旅行中孩子偶尔会与父母产生一些意见分歧。最好的办法是在出发之前让孩子参与到旅行的计划设计中来，我们完全可以在行程制定、旅行路线、游览项目等问题上让孩子参与甚至做主。家长可适当放手,鼓励孩子去做计划。孩子肩负重任,会积极主动地策划项目、实施计划。让孩子参与吃住行方面的安排,也能让孩子的协调、组织能力得到锻炼和提高。自我参与度的提高,会让孩子在旅行中的心态完全不一样。小米3岁时就抢着拉行李箱,6岁开始坚持独自整理行李箱,独自托运行李,独自将背包取放至行李架。在旅途中,他会看地图、找方向、问路,样样都能一马当先。

对于孩子来说,成长就是最好的旅行。孩子的成长,不在于去过多少地方,而是在每一次"拔节"的时候,孩子从这个世界汲取到了什么样的能量。这种能量决定了孩子在未来的路上能走多远。

对孩子来说,成长就是最好的旅行

旅行并不是我们生活的全部,安定下来的时间,小米已经踏上了另一场更阔大而影响深远的旅行——小学生的生活。在小学之旅的这趟列车上,小米会遇见引导他航向的老师,会遇见志同道合的同学,也可能会遇见前所未见的学习挑战。但是只要他拥有根植于内心的坚定信念、无限热情、以自觉为前提的自由以及随时随地为他人着想的善良,他会过得很快乐满足。

在我们人生的时间轴上,旅行是其中特别细小的一支。只是在路上行走的过程中,会遇见更多的陌生的人和新奇的事。这些人和事组合在一起,就成了生动而精彩的情节。当我们在都市的丛林里迷失,不经意地触碰这些情节,一定会找到最初的向往。

旅途中,安静下来的时刻,我也想念远在异地的亲人和朋友。我为小米旅行,我们为自己旅行,也为那些无法出门的亲人旅行。我们为过去、现在、未来所有在我们生命中路过的、停留过的人去出发,去旅行。

有的时候,我牵着小米的手走在异国他乡的土地上,我们遇到不同的人、不同的家庭。他们会喝同一壶水,吃同一个盘子里的饭菜,父母和孩子的神情同样喜悦。遇到搭车或者拼桌的时候,我会尽量选择跟他们一起,因为和孩子同行的父母是最平和安静的人。我们路过他们,他们也经过我们。我们是短程的旅伴。旅途中我没有遇到最好的自己,但是我遇到了最好的他们,我从他们身上汲取力量,继续前行。

阅的是书,读的却是整个世界

旅行,是心灵的阅读;而阅读,是心灵的旅行。

孩子的脚步就是他的目光,一寸一寸地阅读这个世界。孩子的阅读就是他的脚步,一步一步地行走,不断地汲取浓缩在纸墨中的知识和文化。开始任何一段旅途之前,无论是长途还是短途,在整理行李的时候,别忘记带上一两本书,让孩子在脚步旅行的同时,心灵也跟着旅行。

旅行的间隙,随手从背包里拿出两本书,一本给孩子,一本给自己,静静地坐下来,哪怕才翻了一两页就不得不启程。或者在悠闲的假期,在农庄里,在酒店的树荫下,阅读让光阴也变得更加多彩。一个人在喧闹的背景中迅速让自己安静下来,并进入一种相对自我的阅读状态,是一种特别的能力,需要根植于内心的自省自觉。不要说没有时间阅读,时间是挤出来的,忙中偷闲、闹中取静的阅读则令人更珍惜岁月的点滴馈赠。

随时随地的阅读,与网络时代碎片化的阅读不同,它仿佛是孩子手中的一幅画,今天画一笔,明天添两笔,后天上一道颜色,在添笔和上色的过程中,孩子因为成长的经历和外在环境的不断变化,会加入自己新的感受,最后成就一幅属于自己的杰作。等飞机、坐火车的空闲时间,小米抵抗住机场无处不在的玩具柜台,钻进书店。

有一次小米在禄口机场的书店里发现了一本书,名字是《动画中国》,书中再现了中国传统文化中的经典童话故事,其中有一则关于葫芦娃的传说。他在幼儿园的图书馆借过一系列葫芦娃的故事书,当时看得最热衷的是葫芦娃们和妖怪打打杀杀的画面。

这一次再读,他坐在机场的蓝色铁椅子上,身后是现代化的机场大厅,身边走来走去的是各个国家的人,但这一切并不影响他跟我分享他的阅读。他读到葫芦娃和养育他们的老爷爷的感情以及葫芦娃们之间的兄弟感情。对于兄弟之间的情感,小米没有亲身体验,是极其陌生的,这一次阅读《葫芦娃》时他似懂非懂地理解了那种同根之情。

旅行归来后,他再次读这本书,对七娃认蛇精为妈妈并与其他葫芦娃对打这段觉得很不理解,问了我许多为什么。我解释之后,他似乎明白了什么,说:"哦,原来世界上也有坏妈妈。但是妈妈再怎么坏,宝宝都还是喜欢妈妈的。"

我又给小米买齐了《动画中国》的整个系列。不得不说,这套书的故事并不比任何国家的童话故事差。这些故事,有的庄重大气,有的轻灵诙谐,有的温馨感人,这是我们中华民族的共同理想,是我们的共同记忆。记忆发生在过去,存在于现在,却又以一种深远的力量影响着未来。看到小米重拾感动我们这一代人的精神食粮时,我不禁感慨,在我们的身边,到底有多少值得我们停留的美好,却被我们望向远方的目光给忽略了?就像远方的风景,美虽然美,却到底无法让我们全身心地融入。而来自他国的动画故事,因为创作者文化、环境的差异,我们的孩子除了热闹,又能看到多少故事中的内核?

过了许久,小米再一次看《动画中国》中的《葫芦娃》。七娃终于明白了自己认为的妈妈是妖精,葫芦娃们兄弟同心,将妖精镇压在七彩峰下。读到此处,小米深深地叹了一口气。

在孩子心目中,妈妈是最重要的,无论这个妈妈是坏还是好。所以做妈妈的更不能行差踏错。我不止在他的面前做到随时随地地阅读，在他看不见的地方更要阅读，只有阅读才能让我跟上他成长的脚步。人生有两个黄金阅读期，第一个是成长时期，另外一个就是初为父母的时期。推动我汲取知识的力量，不再是考试、升学和就职，而是孩子，这种力量是无穷的，并且是具有生命力的。如果有一段时间我懈怠偷懒，或者将太多的精力投注到外界，我就发现跟随小米的脚步有些跟跟跄跄，回答小米的无处不在、无时不有的为什么时就有些力不从心。

我也想做懒妈妈。做懒妈妈的最高境界，就是让孩子养成阅读的习惯。一旦阅读成为孩子生活中深入骨髓的习惯，成为他获得知识和力量的源泉，他的为什么都可以在书中寻找到答案的时候，他会毫不犹豫地安静地坐在角落里，不再烦扰你，享受属于他自己一个人的时光。小米在5岁之前，每次阅读都需要我共同参与，我亦享受短暂的亲子阅读时光。6岁之后，他慢慢从亲子共读过渡到独立阅读。现在的他能坐在书桌前连续看两个小时的书而不吵不闹。当然他现在还只认识几个字，但文字只是阅读的一种辅助工具，并不是阅读的障碍。不识字的孩子一样可以爱上阅读。

在东京的地铁、公园和街头，虽然大部分的人都步履匆匆，但总有一部分人在坐下来的瞬间，掏出一本书来读。比起壮观的自然景色，这是另一种更美的人文风景。法国塞纳河边的繁华书市至今依然让我常常怀念。

传说二战时，在波兰的奥斯维辛集中营，纳粹法西斯在对犹太人进行残酷折磨和疯狂屠杀时，发现了一个奇怪的现象：许多犹太人在那种极其艰难的时刻，甚至就要失去自己生命时，他们随身携带的竟是几本书。除了《圣经》，还有一些科学、自然、地理、文学方面的书。面对黑洞洞的枪口，许多人走向刑场时，手里还紧紧地拿着一本书，包括小孩。纳粹法西斯对这些犹太人的做法感到震惊，这是一个真正不可战胜的民族，他们内心强大的力量，足以抵挡向他们射来的子弹。

德国这个从多灾多难中重新站起来的国家，对书业有极好的保护措施，当季图书从不打折，却不影响每个德国人人手一本书。波兰的地铁列车上，人们的眼睛不是望向窗外的美景，就是盯着手中的书籍。

我一直相信，阅读是有力量的，而文字是有养分的。一个常常读书的孩子，他身上有一股别于他人的气息，叫作书卷气。书卷气不是羸弱和呆滞，而是他眼瞳中的神采飞扬和望向你时的笃定安然。

旅行中的阅读，不一定要深邃深刻，但一定要有行走的状态，一定要有对远方的渴慕。有时是陌生城市中的车水马龙，有时又是长郊野外的鸟语花香，或者是几万米高空的悠然远眺，又或者是相遇第一眼的相视而笑。那些来自灵魂深处的震颤，在你千里迢迢的路途中，悄然借助纸墨的力量提前来到你面前。无论我们如何长途跋涉，能够到达的地方总是有限的。但是书不一样，每一本书就是一艘不同航向的船，带领我们从自我的狭窄世界中，驶向广阔的空间，不止拓展我们的视界，更是拓展我们内心的小世界，知识世界的疆域是无边的。

旅行中的阅读，不一定要深邃深刻，但一定要有行走的状态，一定要有对远方的渴慕

路途中，小米最喜欢读的是《我的野生动物朋友》。在这本书中，叫蒂皮的法国小姑娘从小跟野生动物一起长大，她跟狮子豹子嬉戏，与鳄鱼拥抱，坐在大象的背上，她与蛇一起睡觉。原来野生动物一点儿也不可怕，甚至大部分的时候，它们

比人类更友善更温顺更安静，它们懂得什么是友谊。动物怕人类比人类怕它们还要多得多，所以小米说，我要对动物们好一些，再好一些。

旅行永远达不到阅读的广度和深度，因为目光永远比行走要快得多，思想永远比脚步要深刻得多。但是不能因此停止行走，脚步踩在陌生土地上的力量，是另一种深刻的阅读。当你停止行走时，世界会很大，大到你无法企及。当你开始迈开步子行走时，你又会感到：世界很小，小到你迈开双脚就可以抵达。这就是旅行和阅读的相辅相成的关系。

去东京三鹰市立动画美术馆之前，宫崎骏的每一部动画片对于小米来说都是奇迹。参观完三鹰市立动画美术馆之后，他知道了动画片的构思、设计、创作、制作的过程，原来那些感人的动画是一张一张地画出来的。东京之行后，他甚至尝试自己制作动画，虽然因为技术上的原因没有达到自己想要的效果，但是到底朝"动画"这个领域启航了。

在旅途中小米读过一套系列书《你看起来真好吃》，我对于这种版画形式的画并不喜欢。但是看小米每次捧起这套书都看得津津有味，也随意地翻了翻。这本书的主角是恐龙，小米那段时间对白垩纪的恐龙正感兴趣。翻了几页，我还是没有看下去。

直到有一天，我们一起看动画片《你看起来很好吃》，只看了开头，小米就大叫："那是《你看起来真好吃》！"仔细看下去，果然改编自那几只恐龙的故事。

一路安静地看下去，当小甲龙为了和爸爸霸王龙永远在一起，甩着四条小短腿拼命地跑向未知时，我感动落泪了。我又回头仔细地翻看了原作绘本，看完之后也落泪了。其实无论是绘本还是动画片，讲的都不仅仅是几只恐龙的故事，讲的是人的故事，却又不尽然是人的故事。一只被食草恐龙养育大的霸王龙想要吃一只小甲龙，却被小甲龙认作了爸爸。于是一段发生在食草龙妈妈、霸王龙、小甲龙之间的温情故事徐徐展开。绘本版的画面看起来硬朗粗犷，却更衬托出霸王龙内心对小甲龙浓浓的爱意。那是再精美的画风也无法表达的世界。作品中，食草龙用的是暖色，霸王龙则全是用冷色调着笔，却反衬出宫西达也作品中无处不在的暖意。

每个小男孩天生都是一只小霸王龙，成长的道路也不会一帆风顺，但是内心的善良在那里，他的航向标就在那里，他永远都不会迷失。就像小米，他也有粗暴、无赖、发脾气的时候。那个时候，我就什么都不做。我等待暴风雨过去，等待他安静下来，等待他从那只小霸王龙，恢复到可爱呆萌的小甲龙，变回那只不惧危险拼尽全力为霸王龙摘红果子的小甲龙。

我在路上阅读的，常常是龙应台的《孩子你慢慢来》。龙应台在书中写道："我，坐在斜阳浅照的石阶上，望着这个眼睛清亮的小孩专心地做一件事；是的，我愿意等上一辈子的时间，让他从从容容地把这个蝴蝶结扎好，用他五岁的手指。"

而我在写下这些文字的时候，在想，其实天下每一个母亲都一样，在拥有小甲龙的那一刻，我们都愿意用一辈子的时间，慢慢地陪着他走，陪着他第一次迈开步子，第一次走出家门，走过世界，走过生命中无限的山水风光。

这一路走来，我和小米一路行一路读。阅读不仅是旅途锦囊攻略的来源，更不仅是填补旅途闲暇打发时光的工具，阅读是用心灵行走我们从未走过的远方，是用灵魂抵达我们从未抵达的圣地。

外面的世界是一本比任何书籍都要精彩生动形象的书，当书上的场景、脑海中的想象变成了真实时，对孩子而言是一种最美好的回忆。幼年的记忆是短暂的，但是小米记得阳光漫过三鹰市立动画美术馆里的鸟笼式旋转楼梯，记得香港迪士尼飞天巡游中与王子公主跳的一场圆舞，记得种在亚龙湾里的几粒玉米，记得离开青岛时认识的一位小伙伴……这些记忆都是他成长中必需的养分。我们每一次归来时，偶尔提起这些记忆点滴,仿佛翻开了存在内心的一本书,时光的况味扑面而来。

每一次旅行之后,回到我们居住的城市,就好像是从一场抽离状态的"阅读"回到现实的世界。旅行和生活就像一座交错旋转的楼梯,当小米转回原来的方位时,就会发现自己站立的位置变高了,他的视野开阔了。

小米的第一次真正意义上的旅行,其实不是从我们迈开了出发的脚步开始的,而是从他第一次睁开眼睛开始的。

在那个神圣的时刻,他打开了一本叫作"世界"的书。

亲子游的理念清单

# 1 亲子游的初衷

每一趟亲子旅行，一开始就要确定孩子的主导位置，从做计划开始，就要让孩子参与进来。出发前，让孩子先从书本上了解这趟旅程，对旅途中他可能感兴趣的景点进行标记。到了实际地点，再引导孩子通过眼观、感悟、手写等，加深对景观的深层认识，养成孩子独立思考的习惯。

在旅途中，要有意识地培养孩子随遇而安的心态和作风，不挑食，不挑床，学会应对突发情况，尽量独立解决遇到的问题与麻烦，甚至还要学会一些野外生存的能力。

以孩子的意见为主，定制适合其年龄性格的旅行路线。不要急功近利或者追逐潮流，也不要对孩子有过高期待和要求。让孩子带着压力上路是万万不可的。

一切旅行，都要以孩子内心的诉求为主。对于孩子，旅途中去过多少国家，看过多少美景，记住多少知识真的不重要。重要的是不同环境的融合，不同的文化的碰撞，不同人们的交流，这些会带给他不同以往的可贵体验，将是伴随终身的力量之源。世界给予他一颗包容万象的心，给予一双渴望行走的脚，我们就安静地做他永远坚固的后盾。

📍**亲子之旅：要有谦和、宽容、学习的心态**

这是旅行最重要的前提。

千万不要带着成见先入为主，四处比较挑毛病。我听过这样的抱怨：巴黎地铁又脏又乱，到处都有小偷；导游尽想着赚我们小费，不好好服务；

咖啡太难喝了，还那么贵；这边也有人乱扔垃圾呀，我们扔一下也没事吧……

家长在孩子面前，要特别注意自己的言行。孩子就是另一个你，你的一举一动都会看在孩子眼中，从而影响到孩子的成长。

孩子带着谦和、宽容和学习的心态上路，就仿佛带着空箱子出门。我们将沿途的好风景、好风情、好习惯和知识、见闻、学识统统装在孩子的"箱子"里。在未来的成长路上，他会不断地去学习新鲜的事物，并用汲取到的知识去修正自己的见解。这才是真正的见世面。

如果父母只是抱持固有的成见，只按照自己熟悉的逻辑和见识，去评论另外一个世界里的人和事。那么，孩子会跟你一样，将自己封闭在一己之见里，无论去了多少个国家，遇到多少种文化，都会自动关闭学习之门，甚至排斥遇到的每一桩新鲜事物。

旅途中，打开孩子的眼界，跟孩子一起，自然地吸纳天地之灵。

亲子之旅不是享受之旅

在孩子还没有形成金钱概念之前，有意识地让他吃点苦，让他懂得生活的多面是必要的。如果孩子过早地习惯了头等舱、五星酒店、贵宾厅，就会觉得那就是他未来正常的生活，会让他失去对世界的正确判断，长大的他不愿意吃苦，不愿意拼搏，缺乏奋斗的动力。

在西方人的世界里，父母的财富，并不是孩子的直接财产，这是被普遍认可的价值观。18岁之前的孩子往往要在家里付出劳动才能赚到零花钱，父母也早早教会孩子赚钱的方法和能力。即便是顶级富豪世家的孩子，也得照样送报纸、剪草坪、去麦当劳打工，挣自己的零用钱。

有些父母觉得孩子太小，为了孩子考虑，所以能坐车绝不走路，能坐飞机绝不坐火车。那种飞机转飞机的旅行,不止花费高昂,人也一直在天空上,看到的都是白云天际,还不如地铁里听不懂的当地话和火车窗外连绵不绝的风景来得实在。最好的是步行,遇到有意思的人和事,即时停下来,就仿佛你要时光慢,它就慢下来了。

不要担心孩子的体力,成长中的身体里有源源不绝的能量,而且小孩子比我们想象得要更能承受得住压力。小米 4 岁时最好的纪录是从早上 7 点走到晚上 10 点,期间没有寻求任何帮助,也没有任何不适。

记住,我们的亲子旅行,是带孩子去看世界,而不是带孩子去享受世界。

亲子旅行:孩子永远是主导,我们只是陪伴

很多孩子不喜欢旅行。对于他们来说,旅行只不过是摆脱了日常的生活环境,换了一个地方玩电子游戏而已。

为什么会有这种情况呢?

很多时候,是父母忽略了孩子的参与度,没有尊重孩子的意见,甚至孩子都不知道去哪里玩、玩什么、怎么玩,一切他都没有发言权。等到了目的地,一看,根本不是他想要去的地方,根本就没有他想要玩的项目,自然就只能玩电子游戏了。

有些家长对孩子期望殷切,带着学龄前孩子看博物馆、美术馆、音乐厅、大学校园……一个接一个,一个不能少,期望孩子能尽多吸收学术、艺术和技术的营养,可怜的孩子连 ABC 还认不全,就得在大学校园里拼智商,自然排斥这些"高端"的旅行。

大人的旅行往往目的性很强,而孩子的兴趣点和关注点则是好不好玩、有没有趣味。所以父母可挑选几个备选目的地,让孩子自己选择一个,

这样的旅行，孩子本身就是主导人物，自然尽心尽力，做父母的则会省心省力。

首先让每一段旅途都充满快乐，其次才是学习。让孩子做计划的制定者和执行者，父母只是适当地完善和指导。在旅途当中，我们尽量退到幕后，让孩子积极参与，你会发现，一旦孩子参与到了旅途过程中，旅行也就变得轻松愉快了。

亲子游的计划理念

 早做规划，提早预订

一个比较长的假期，最好提前三个月就确定日期、目的地。这样做的好处是定下计划后就可以提前办理签证，预订机票、酒店、火车票等等，这和临时去办理不一样，价格会便宜很多，尤其是出境旅行。通常，要提前90天申请签证。

在签证的同时，就可以预订机票（可改签）等。而酒店则可以通过BOOKING.COM、AIRBNB等网站预订，选取可免费取消的，采用信用卡预授权，这样就不会造成任何损失，而且提前预订，会省下很多钱。

提前预订，就可以和孩子一起从容地计划行程，也可以通过书籍、影视，让孩子有目的性地了解下目的地的相关文化、知识，激发孩子的兴趣。

少而精致，深度体验

带孩子去旅行，体验多于学习。有些家长热衷于类似7天5国游的形式，觉得一次去得多，值！但实际上，每个国家、每个城市停留不过一两天的时间，还要考虑交通和吃饭、休息。那么，在一个城市停留的时间还有几个小时呢？可以说，连东南西北还没弄清楚就又走了。这样疲于奔命的旅游，孩子根本不会感受到快乐，也就体验不到旅行的价值。

要了解一个地方的文化和生活，就要停留多一些时间，至少3天以上，才可以略知皮毛。而且，不要贪图去过多少国家之类，这又不是竞赛。一个喜欢的地方，可以反复去。旅行，是让自己开心，而不是让别人羡慕，满足自己的内心最重要。

 交通要细，日程要粗

在国外的话，了解交通是特别占用时间精力、影响情绪的一大事情。尤其是从一个城市前往另一个城市的飞机、火车，时间卡得很紧。那么，就要把如何前往机场、火车站，如何乘坐地铁等事先查好，以免到时慌乱。现在的网络很发达，基本可以事前查询清楚。而每天的行程呢，则建议不要太细，随心所欲就好了。如果在一个城市停留一周时间的话，基本上都可以慢慢地逛遍了。所以，每天大致选取一个方向，放松心情，去好好玩儿就可以了。

实用的信息，一般可参考日本JTB的《世界自由行》系列，这是目前为止看到的最为翔实的旅行参考书籍。可惜的是，只有台湾精英出版社的版本，一般在香港台湾才比较容易买到。

体验文化，体味生活

了解一个城市，正如了解一个人一样，要长时间多方面，一点一点地去接触、体会。所以建议不要总是住在品牌酒店里，可以尝试住一些个性酒店、公寓酒店、民宿酒店……这些酒店不会千篇一律，甚至同一个酒店的房间都会有不同。而一些公寓式的酒店，其实就是主人的生活品味的体现。住一个酒店，就是和一位当地的人深入地交流，十分有趣。

如果去一个城市多次，最好每次住不同的区域，以体验不同的风情。就如同北京的西边、东边会有非常大的不同一样，别的城市的每个区域，也都各有特色，也都是这个城市文化的一部分，很值得去了解。

譬如巴黎，可以住左岸拉丁区、巴士底附近、罗浮宫和巴黎歌剧院附近、埃菲尔荣军院附近，甚至，胆子够大的话住蒙马特。这样的话，你就了解了多个层面的巴黎、多个面孔的巴黎。

我们都知道，旅游区并不代表一个城市真正的文化。要想深入了解一个城市的文化和生活，除了去博物馆、美术馆之外，还要多去一些生活区域、文化区域。带孩子去周末的市集、手工作坊，逛逛跳蚤市场，参加一些市民的表演，这都是非常好的活动体验。

 品质旅行，尝试当地的生活方式

很多人一旦去旅行，有两种极端的方式。一是极简主义，就是旅途中一切从简，吃也凑合，住也凑合，穿也凑合，总之，就是委屈自己，成全旅行。另一种，则是极奢主义，所谓"穷家富路"，平时在家很节俭，一出门就大手大脚，住贵的酒店，吃贵的餐厅，坐贵的飞机，总之，奢侈一把,犒劳下自己。其实这两种都不可取。因为旅行越来越会成为我们日常生活中的一部分,也就是说我们会经常短途、长途地去旅行,这样我们就没必要非要把旅行当作特别的生活去对待。

如果你有跑步的习惯,不妨带上跑鞋和运动服在塞纳河畔晨跑;如果你有喝茶的习惯,不妨带上一个旅行茶壶,在眺望洱海的庭院里泡上一壶普洱;如果你有绘画的习惯,不妨带上画笔画本在山间桥头画一幅速写;如果你有阅读的习惯,不妨带上一两本好书在等飞机和乘坐火车的时候让文字带着心灵先走一步……

保持我们已有的生活品质,同时,也积极地接受旅行中的新鲜生活元素,这不是很惬意、很美妙的体验吗?

 罗列清单,旅途从容

长途旅行中,一些必备的物品是必须要准备充分的。可以根据具体情况、旅行目的地等做具体调整。

 亲子游必备品

各种旅行攻略中已经详细地罗列过旅行必备品,这里不再一一赘述。我只列了一些新手父母容易忽略的必备品,这些东西虽然细小且价值不大,但是一旦在异乡缺少,却又不能及时补充,则是一件非常令人抓狂的事情。

🔵 药品

由于外地环境气温变化无常、饮食水土不适以及旅途劳累等，不但年幼的孩子容易生病，有时连大人都会病倒。生病时临时买药不熟悉当地环境费时费力不说，有些药还不一定能买到适合的。在国外，处方药和非处方药的分类与国内不同，没有医疗卡的话药费还非常昂贵。所以带着孩子出行，行李箱里应必备基本药品。

（1）感冒药。路途中必须经过封闭的车厢机舱船舱等，来自世界各地的人，携带不同的感冒病菌，对于抵抗力较弱的年幼孩子来说感冒药必备。

（2）溃疡散。南方人到空气干燥的北方、从口味清淡的地域到口味重的地域、中国人到外国（西餐蔬菜少，中国人容易得溃疡），溃疡散是必备的。

（3）黄连素片或者思密达。肠道容易过敏者、慢性肠胃炎者、口腹之欲盛者必备。年幼的孩子可以准备儿童用的思密达。

（4）创可贴。带着活泼好动、好奇冒险的男孩子旅游，一定要多准备些各种型号和特性的创可贴：大的、小的、透气的、防水的。

（5）其他慢性病患者记得带上自己的日常用药，分量要充足，以防旅途因为意外而延长。

🍰 食品

在准备好药品的同时，也要给孩子带一些零食。

在旅途中，买东西不那么方便，为了让小米按照日常饮食时间进食，同时在一些口味重或者饮食难以适应的地方随时保持和补充我们的体力，旅行之前我都会去超市采购大量零食。

不过，如果你去的是一个与日常口味相近的地域，或者该地域一向以美食闻名，那么大可不必带一大堆吃的增加自己行李箱的重量。

另外，肉类、水果类出境一般需要办理繁杂的手续，为了免去麻烦，还是在当地买比较划算。

我们的行李箱中一般装载以下几类食品：

（1）饼干。非常好的充饥食物。

（2）巧克力。迅速补充体力。

（3）话梅。旅途劳累体力不支时防止晕车晕船的良品。

（4）水果。国内旅行时，补充身体维生素等（有些国家和地区规定是不能带水果的）。

装备

带孩子出去旅行，装备是很重要的。它可以有效地保护孩子稚嫩的身体，让孩子舒适自由地旅行，同时避免孩子受到伤害。

（1）旅行鞋。

一双便于行走的好鞋子，在这个时候，比你给他买一双漂亮的名牌皮鞋实用得多。

孩子的脚底比较柔软，一定要准备一双软硬适中的鞋子，太硬的鞋底很容易让孩子摔跤，走到有硬石头的路面时也很容易跌倒；太软或者比较薄的鞋底，孩子穿上以后很硌脚，而且太软的鞋底也不利于孩子行走能力的提高，反而还会影响到孩子脚弓的生长。另外，鞋面一定要具有一定防水、透气功能。鞋面一定不要是毛面的，在环境好的地区还好，如果碰到路段路况不是太好，尘土比较多，孩子的小鞋就成了吸尘器。

如果是长时间地行走，一般旅行鞋就可以满足孩子的需求了。如果需要奔跑、骑马、爬山，除了考虑到旅行鞋的防滑性、柔软度以及鞋面的舒适性之外，最好是高帮鞋，可以有效保护孩子的脚踝。如果是去沙滩水边，可以穿上洞洞鞋或者凉鞋。

（2）上衣。

旅行之前，一定要查询目的地的天气情况，据此选衣物。下飞机之前就可以换上。

出门在外，孩子更容易出汗，也更容易受凉，所以尽量选择穿脱比较容易的拉链衫。里面穿上全棉 T 恤，根据气温变化随时穿脱。

到寒冷的地方，例如在中国北方过冬天，就要购买专业的防寒服了。这方面的钱千万不能省。

（3）裤子。

孩子的裤子一定要既柔软又耐磨，而且不要太贴身，裤裆不要太紧。我常常在旅行地看到父母为了着装的时尚，给孩子穿很紧身的铅笔裤，这实在不是明智之举。孩子处在随时活动的状态，紧身衣裤实在是一种束缚和伤害。

（4）毛巾。

带着小米这样的小皮猴，我必须随身携带一条毛巾，以准备随时帮他擦掉身上的汗。汗湿的衣服黏在皮肤上，不舒服，且被风一吹极易受凉。行李箱中还要有备用的毛巾三至四条。

(5) 防晒霜/润肤霜。

对于孩子皮肤的护养也要非常注意，有些地区紫外线比较强烈，对孩子稚嫩的皮肤会有伤害，所以一定要给孩子抹上 SPF15 左右的防晒霜和护肤霜进行双重的保护。防晒霜每隔 3~4 小时就要抹一次。

部分地区干燥少雨，千万别忘了带上常用润肤霜，孩子皮肤娇嫩，出门前抹上，同时也要随时补充水分。

(6) 太阳镜、帽子和防晒衣物。

强烈的阳光容易伤害孩子的眼睛。因此，在一些日照强烈的地区，如非洲，要给孩子戴上帽子和太阳镜加以保护。孩子使用的太阳镜一定要注意质量。孩子裸露在外的皮肤，如果有发红现象，要穿上防晒衣，防止日晒性皮炎的发生。